煮水的黄昏

陆岸 —— 著

长江出版传媒

长江文艺出版社

图书在版编目（CIP）数据

煮水的黄昏 / 陆岸著. -- 武汉：长江文艺出版社，
2022.10
　　ISBN 978-7-5702-2811-9

　　Ⅰ. ①煮… Ⅱ. ①陆… Ⅲ. ①诗集－中国－当代
Ⅳ. ①I227

　　中国版本图书馆 CIP 数据核字（2022）第 123070 号

煮水的黄昏
ZHUSHUI DE HUANGHUN

责任编辑：谈　骁　　　　　　　　责任校对：毛季慧
封面设计：祁泽娟　　　　　　　　责任印制：邱　莉　　王光兴

长江出版传媒　　长江文艺出版社
出版：
地址：武汉市雄楚大街 268 号　　　　邮编：430070
发行：长江文艺出版社
http://www.cjlap.com
印刷：湖北新华印务有限公司

开本：880 毫米×1230 毫米　　　1/32　　印张：6.75　　插页：4 页
版次：2022 年 10 月第 1 版　　　　2022 年 10 月第 1 次印刷
行数：3672 行

定价：58.00 元

．

陆　岸

浙江桐乡人。

作品见于《诗刊》《星星》《诗潮》《江南诗》《西部》等刊。

入选《天天诗历》《中国诗歌年度精选》等年度选本。

出版诗集《无见地》（与人合著）。

互见：开放的主体与心源的空寂

沈　苇

　　卡尔维诺说，"人永远受后脑欠一双眼睛之苦……我们团团转，把我们的视野摆在我们眼前，但我们永远无法看到我们视野以外的空间是什么样子的"。但问题是，我们遭受的这种与生俱来的"苦"，仅仅是因为欠了后脑一双眼睛么？我感到我们欠自己的还很多很多。一个影像泛滥和超饱和的世界，同样意味着视觉性的受罪和受难，而心灵的"盲·聱"无处不在，自以为眼观六路、耳听八方的"井底之蛙"无处不在，我们对"视野以外空间"的无知和茫然并未减少，反而与日俱增了。现代性的"盲·聱"是一种切身的晦暗，比弱视和短视可怕，我们所丧失的，是主客冥合、物我两忘的丧失，是中国古人"天人合一"宇宙观的破碎，也是一种"互见意识"的缺失。简单地说，我们既欠后脑一双眼睛，更欠自己内心一副明亮如炬的目光。

　　托尔斯泰在《少年时代》中道出了早年视觉认知和视野意识的觉醒，他的思考展开与卡尔维诺不同的另一维度，更具禅思和东方色彩，对于今天的我们仍是一种"视觉启蒙"。他认为，物体并不是真实的，而只是我们把精神集中时出现的影像，人一停止思考，这些影像就立即消失。"总之，我的结论与谢林相同，也即物体并不存在，而只存在我与物体的关系。有些时候，当我被这种成见搞得心慌意乱时，我会猛地扫视某一处相反的方向，希望出其不意地捕捉那没有我在其中的虚空。"托尔斯泰和卡尔维诺的思考，具有启示性和重要的诗学意义。诗作为语言的行动，总在一次次试图进入"视野以外的空间"，而它雷达和天线般的捕捉，正朝向"那没有我在其中的虚空"。

无论写江南还是写远方（譬如西域），陆岸的诗歌都具有强烈的视觉色彩和视觉意识，同时具有自然写作的泛灵倾向：人与"世界无限多"的相遇，不仅仅是主体的移动和逶巡，更期待与万物镜像的对视、交融、合一。"凝视"和"捕捉"在他诗中无处不在，而"互见"则是基础和关键，具有能动的自觉性，也可以作为解读他诗歌的一个切入点。《互见》一诗不是这部诗集中最出色的作品，但颇具代表性和启迪意味：

　　　　一只穿云雁飞在寂寥无比的空中
　　　　就如现在
　　　　我在密不透风的人间
　　　　一个人穿行

　　　　我抬头看它时
　　　　停住了脚步
　　　　它也停止了飞翔

　　　　它一定是

低头

看见了我

　　这首诗有画面感，像白描和电影蒙太奇的停顿、切换。"我"与一只穿云雁的"互见"，也是寂寥天空与"密不透风的人间"的"互见"。这是一个重要的时刻，却不是"互见"的终极，只是"互见"瞬息截取并定格的画面和场景。换言之，《互见》只是"互见"的开始。在遥远的西域，诗人与更广大也更具体的事物相遇：在伊犁那拉提，遇到一匹失群的正在吃草的马，"那是在那拉提的一个早晨/我看见它回头看我/看一个远方的陌生人/为另一处远方/长久地停留"（《回头马》），马"回头"的动作、细节使这个场景令人难忘；诗人写天山大峡谷归来时遇到的一群羊，它们不知是奔赴屠场还是正在返回羊圈，"它们的头都转向我们/因为我们站在苜蓿地上/这四叶草的丰盛也让羊群着迷/它们大口大口地张嘴/但叫声轻微"（《归途》），这同样是十分动人的一幕；而在喀纳斯禾木村，出现的是一只待宰的羊，"主人说吃羊之前应该跟羊合个影/放心，它是羊，不拼命，不挣扎/我们胆怯地拉着羊角跟这头羊合影/仿佛我们是待宰的羊""这一上一下两只瞪大的羊眼/我们吃着彼此的肉，一点儿也不挣扎"（《在禾木村杀羊》），禾木的夜晚，有篝火和月亮，是静而美的，但人与羊的"互见"却令人唏嘘、惊心。在这里，"互见"变成了人与羊的"互融"，融为待宰的、不作声的、不挣扎的一体。

2015 年至 2017 年的两年援疆，对于陆岸的生活和写作来说，都是意义非凡的，具体表现在这部诗集第一辑《春日正坠落在沙漠上》，这是一批读来耳目一新、质量上乘的作品。一位江南青年诗人与亚洲腹地、与西域"启示录式背景"的相遇，是"移动的主体"与新时空的"互见"，不仅仅是诗歌新题材、新主题的开拓，更意味着主体的跌宕、嬗变和更新，一种新的生成——一个"开放的'我'"诞生了。本川达雄对"开放的'我'"的解释出于"深层生态学"的视角，却十分精辟："如果采取非'我'即我的观点，抛弃对'自我'的执着，将自我向外界敞开……这种开放的'我'就是'自己'。"（《生命多样性》）新疆两年，带给陆岸的写作启示和变化是：一个"开放的'我'"不断向外界、向可能的世界敞开，"非'我'即我"也随之涌入并被拥抱、接纳。穿云雁、回头马、天山峡谷和禾木的羊，都是"非'我'即我"的一次次显现。在"绝望的广阔、伟大与无垠"中，"会飞的鹰终究死在天上／无数的我死在塔克拉玛干"（《西北谣》），这里，"无数的我"都是"非'我'即我"。孤寂，苍茫，时空感，死亡意识……一种隐在的大气被异域大地激活、唤醒。在他乡，对"江南性"的某种疏离和警觉是好的，容易变成一种自觉，而"他者自我化"则在作品中日渐凸显出来。异域题材和异质经验的融入，对主体自我和写作本身，就是一种对冲与磨砺、丰富与拓展，陆岸写那里的自然、城池、遗址、风土、人物等，不违和，不轻慢，不猎奇，就像世居西域的一个"土著"那样书写、歌哭，又像一个南方人处理身边题材和细小事物那样熟能生巧。

如此，陆岸的"互见"在异域有了一个高迈、宏阔、无垠的空间。当看到一只云雀在草丛中被惊扰，像一个意外事件直蹿向天空时，"互见"又一次发生了："云上是一种空无/云下是一种空无/我唯一看到的洁白的云/白白的占据高处/舞动的性感裙衩笼着一个流动的黑点/醒目又那么赤裸//时间即将落下来了/而这白色的秋天高处/和这石卵上凝望的一个人/是另一种空无"（《白云间》），这里的"互见"，更接近"以空观空"，而时间却被有形化了，赋予了形态、动态和重量。诗人也写到龟兹（现库车）的苏巴什佛教遗址，"……这是公元2016年5月16日整个遗址的黄昏//这是最后一枚落日/我是一个硕果仅存的遗迹"（《苏巴什佛寺遗址回忆录》），而在《旷野之诗》中，"我的旷野/——它徒有天下之大/却有空旷之悲/我的旷野，宛如心脏"，这样的表达是非常突出的，把旷野比作自己的"心脏"，把自己视为落日下的"遗址"，这是经由"互见"的相互凝视、辨析、认领实现的物我交融、主客冥合之境。"心脏/遗址"这个共同体就这么奇妙地生成了。

栅栏是多么虚空无用

血肉是透明的，骨节是中空的

只能拦住直来直去的人群

拦不住流水，拦不住风

却整日里张开空空的双手

我常常靠着栅栏往远处望

远处的群山此起彼伏

它们也在张望我

而风正从山林穿越而来

她穿越过我

仿佛我也只是栅栏

也拦不住什么

我也是空的

————《栅栏》

　　《栅栏》一诗比《互见》更具代表性。在这里，"栅栏"可看作关于"互见"的一个精辟隐喻，也是一次有关"空"的形象化书写。世界分为栅栏内和栅栏外，分为栅栏这里和栅栏远方，"我常常靠着栅栏往远处望/远处的群山此起彼伏/它们也在张望我"，栅栏是"互见"的证人，也是"界限"的证词。栅栏本身就是藩篱和限定，只有拦不住的风是自由的，穿越山林，也穿越栅栏旁的伫立者、张望者。但栅栏是中空的，我也是空的——栅栏即我，我即栅栏。这是"非'我'即我"的又一个明证。

　　的确，诗人经常写到"空"：空茫、空旷、空寂、空荡、空见、虚空、空无……前面提到的《白云间》"以空观空"，也是关于"空"的代表性作品。陆岸是"空"的痴迷者、探索者和持续的书写者。虽然诗人担心一只黄雀在竹枝上踏空，"我们每天做着黄雀一样熟练的动作/有时也会一不小心踏空"，但他写到的"空"已经远远脱离这个层次，更接近佛教的空相、性空、"自体即空"。《心经》云"色不异空，空不异色，色即是空，空即是色"，意思是，世间存在的"色"与"空"不是异质的，作为存在之底蕴的"空"与任何物质形式没有什么不同，物质的本体就是"空"，"空"的现象就是物质。"妄若息时，心源空寂"（《菩提心论》），诗性的"空"，也是心源意义上的。读陆岸的诗集，有一些"安静的作品"令人难忘。他经常写到旅途中短暂的"山居"，深山幽谷中的黄昏："而石上流水声远/群鸦正惊起炊烟/暮色和私语落在密林深处"（《山居秋暝》），"我们喧哗，而群山孤独/我们浪费着每一个早晨/又如此清点每一个暮晚/山前屋后，余晖也被一一收拢"（《山中小住》）……这样的时刻，是自己的心慢下来、静下来的时刻，主体的存在是对"空寂"的一种回应，或者说，这是"心源"与"空寂"互证、互契的时刻。

陆岸大概是"言之寺"的信仰者，他写过旅途上遇到的多个寺：空见寺、香海寺、禅源寺、般若寺、西庐寺……这是人与寺的自然而然、水到渠成的相遇。"多么空荡的人间/慈悲的木鱼/用敲击掏空了自己"（《空见寺》），这是诗人理解的"空见"，并将"空见"落实到具体的意象——"慈悲的木鱼"。"庭院里多么满满的空荡/我仍在空织一把/拂尘"（《般若寺的灰尘》），这种"空荡"，也是一种"空见"般若（智慧）。《金刚经》上说，执"我见、人见、众生见、寿者见"为"小法"，是不可为人解脱的。那么，"互见"的解脱和归处在哪里？无疑，"空见"是对"互见"的消弭和"掏空"，是一次非凡的超越，换言之，"空见"是"互见"的终极。

> 在动车之上
> 我与万物姿态如此相似
> 有的前行
> 有的后退
> 一样地彼此注视
> 正像夏日天空那些稀薄的白云
> 它们也在被天空所搬运
>
> ——而我也是它们窗外
> 一个急速后退的事物
>
> ——《动车之上》

《动车之上》写到了一种移动的"互见"，主体与万物平等的"彼此凝视"，以及"前行"与"后退"的彼此交织。人在旅途、在动车上，不断去向远方，这是一种"开放"和"前行"，而一次次地回返自己、回返自己的根性，则是一种"后退"。后退到江南，后退到原乡，后退到自己的出生地……但与此同时，却忽然发现了"后退"和"互见"的不可能。小桥村（东山桥村的诗中化名）是杭嘉湖平原上陆岸出生的村庄，但在这里，他敏锐地发现了一种"走得出去却走不回来"的忧伤和尴尬:"那么多年,我从熟悉的喊声/和近在咫尺的灯火/走了出去/就再没有一条老路/让我走得回来/比如现在。我刚要抬头开口/还来不及答应一声/老树上聚集的这些黑点/又扑棱棱飞走"(《回小桥村》)。因此陆岸的写作,整体上是在追求一种"空寂",甚至喜欢气息迷人的"衰败与凋零","喜欢荒野,夕阳在林间穿行/没有人烟,草木安静/广袤的大地裸露出真理"(《未名湖的黄昏》),但在具体表达上,又是疑虑重重、亦喜亦忧的,呈现出一种"无端动荡"的复杂的诗歌情愫。

异域和远方主题如同一次梦游和出神,却是陆岸必然的意外。诗歌仅仅体验自己是远远不够的,诗歌还需感知他人、远方和异质文化。西域小辑《春日正坠落在沙漠上》是这方面的代表,去年写阿富汗的《卖气球的人》《布卡布卡》《天梯》《坠落者》也给我留下深刻印象,这些作品是陆岸"体验他人"的产物,更体现了一位中国诗人的忧心、责任和担当。天涯咫尺,谁也不是一座孤岛。苏珊·桑塔格早在《他人的痛苦》一书中谈到"为什么要思考远方的苦难"这个问题,她说,在影像超饱和(她主要指战争摄影)的当代世界里,并不意味着我们思考他人和远方痛苦的能力已经显著提高了。"让人们扩大意识,知道我们与别人共享的世界上存在着人性邪恶造成的无穷苦难,这本身似乎就是善。"而在我看来,不存在"似乎"二字,而是一种"确凿的善",是一个写作者需要具备的基本良知和"诗性正义"。

梦游的诗人一旦回过神来，发现自己仍属于"江南"，陆岸的诗歌也呈现出丰饶多姿、蓬蓬勃勃的"江南性"，"江南主题"仍在他作品中占据最大数目和篇章。他写乡间物事、时令节气、种种动植，写念佛的母亲、吸旱烟的父亲、梦里的祖父，都充满了对江南日常性的深切关注，有止息的凝视和发现，也有深情的挽留和喟叹。诗歌是"大"和"小"的混合物，作为一个"开放的'我'"，陆岸在诗歌中一方面追求空寂之"大"，另一方面倾心于具体之"小"，他能够发现"在爬满微生物的砧板上/有眼睛一样的孤独"，他因发现那些"久远的无用之物"而感到欣喜和欣慰："这条无人的道路因为日渐无用而安静下来/冬日微薄地照耀我/不下雪的冬日也是无用的/这些无用之物让人有小小的欣喜"（《皂荚树》），"旧时光"与"无用之物"是一种并置、混融，充满挽歌般的怀旧咏叹："这些下坠的旧时光啊/像一群虫蚁团团打圈/在故土的废墟上，流放多年"（《放下》）。在乡间，他感到"一些好听的声音正在消失"，同时又能发现和确定"是小虫子又重新让世界安静下来"，"一个人的声音是多么微不足道/根本抵不上/这秋夜里/星星们浩渺的眨眼/和满园子里/一个孤独的蛐蛐叫"（《孤独的蛐蛐叫》）。诗至此，进入了细微世界的"空寂"，"凝视"没有转化为"互见"，却给"倾听"留下一个合理的视角和位置。

陆岸还有一类诗写得比较有力道，充满了对生存的百感交集的复杂体验，又不乏警觉性与自我审视。他在《惊蛰之诗》里写"我有脚底的蠕动/我也有惊雷的沉默"，

"我捧着自己出门，带着影子归户/我是健康的，我天天刷着绿色码/可我的悲痛从未宽恕过我"，"仿佛我还活着/仿佛大地就要醒了/仿佛蝼蚁的骨灰/一下子洒满这肥沃的国土"。这样的表达是有力量、有穿透力的，具备鲜明的现代意识，全然已是一种现代性的表达和吐露。如果说《惊蛰之诗》《惊蛰日》（请注意"惊蛰"二字）指向"无边现实主义"的眩晕感和平静世界的"无端动荡"，那么，《在春风里打铁》的强烈象征意味更像是陆岸的一种自我期许、一个诗歌决心：

> 在春风里打铁
> 仿佛万物就要在这个铁匠铺里诞生
> 在春风里打铁
> 必然有马蹄在道路上哒哒哒哒响起
> 当我转过身去
> 还有金色的蝴蝶在广阔的原野上
> 淬着火　淬着火
> 飞来飞去
>
> 他们，继续在春风里打铁
> 而我仅仅是一个路人
> 路过了时间的熔炉与所有痛苦的
> 一一锤击

近几年，陆岸花了大量的业余时间和精力在做诗歌公号"一见之地",是一位年轻的"诗歌劳模"(浙江的伤水则是一位资深"劳模")。功夫不负有心人,公号已有一定的全国影响力。我想,做公号本身,也是他参与当下诗歌现场、虚心学习、博采众长的一种方式。诗是语言的行动,而能够为当代诗歌做一些具体的推动、促进工作,则具有超越行动本身的意义。

是为序。

2022 年 2 月 25 日于杭州钱塘

沈苇,著名诗人、散文家,浙江传媒学院教授,中国作协诗歌委员会委员,鲁迅文学奖获得者。

"我就在孤独无边的沙漠里种草"

——序陆岸诗集《煮水的黄昏》

伊甸

陆岸，浙江桐乡人。在我的感觉中，桐乡人大多纯朴、厚道，连桐乡方言也有这样的风格，因此，一遇到说桐乡方言的人，我就感到亲切。当然，陆岸已不完全是传统意义上的桐乡人，他身上既有纯朴、厚道的桐乡人的传统品性，又有现代桐乡人开放、聪慧的时代特征。

在桐乡乃至嘉兴乃至浙江的诗人中，陆岸真可以说是异军突起。他写诗时间不长，但凭借他对诗歌的阳光般的热爱，他喷泉一样的创作激情，以及他在阅读和写作中不断开发和挖掘的灵性、悟性及思维深度，短短几年便硕果累累。这几年他在《诗刊》《星星》《草堂》《诗潮》《江南诗》《西部》等刊物上发表了不少诗歌。特别是他创办的诗歌公号"一见之地"，集结了很多优秀诗人，在国内诗坛的影响越来越大。

在《煮水的黄昏》这本诗集中，我最喜欢的是那些境界阔大、思维幽深的作品。比如《白桦林》：

北地苦寒
北地的白桦林不长叶子只长骨头
太阳低低地照过山冈

> 这些笔直的骨头挺立，沉默
>
> 雨来，骨头干净
>
> 风来，她们也无须挽住悲伤……

太阳下，山冈上，"这些笔直的骨头挺立，沉默"。"骨头"一词在这首诗里有特殊的作用，类似古典诗歌中的"诗眼"。整首诗不仅仅展现了白桦林在大地上的挺立姿态，更成为对"天生的硬骨头"的一首赞美诗。

再比如《失乐园》这首诗，陆岸在油画般描绘了沙漠、红柳、阿尔泰的雄鹰、沙枣、落日之后，最后一节写道："我就在孤独无边的沙漠里种草/骆驼刺，芨芨草，沙冬青，生石花和柽柳/这些伸出地平线的弯刀/寂寞而锐利/骄傲又恐惧"。这些沙漠中的草，成为某种现实处境的象征，耐人寻味。把这些草比喻成伸出地平线的弯刀，这个奇特的意象有让人过目不忘的魔力。

《在禾木村杀羊》这首诗，不仅所描绘的场景震撼人心，更重要的是这个残忍的场景所透露出来的那种警示和启迪的力量，像风暴一样撞击着我们的胸腔。这首诗和云南诗人雷平阳的《杀狗的过程》有异曲同工之妙，区别在于：雷平阳强调的是人利用狗的愚忠，对狗单方面的残杀，而在陆岸笔下，主人那把羊角刀不仅捅入了羊的胸腔，同时也捅入了他自己的胸腔：

> ……主人拿起雪亮的羊角刀
>
> 一只手轻抚着羊，像轻抚着一个他深爱的女人

最后他的手猛然攥紧羊角，搂紧了羊
像搂着他的女人，羊不挣扎

羊角刀一下子没入了羊雪白的胸腔
他抱紧着羊，像那把利刃没入了他的胸膛

　　现实生活中司空见惯的情景，被我们的冷漠和麻木所忽视的细节，一旦在诗人笔下重现，竟然会出乎意料地调动起我们的所有感官，让我们感到心疼、惊讶、恐惧，并且陷入痛苦而又纠结的沉思。而诗人想象的产物——"他抱紧着羊，像那把利刃没入了他的胸膛"，更让这首诗的境界上升到哲学和社会学的层次。

　　陆岸的诗，常常通过对细节的描述来揭示事物的奥秘和本质。比如他的《参观屠宰场》一诗："屠宰操作台上/惨叫声惊天动地/白刀子进红刀子出//近在咫尺的猪棚内/一片进食声/欢快又平静"。节制、镇定的叙述后面是对某种命运的冷静审视。再比如同样很短的一首《麻雀辞》："清晨/窗台上几只麻雀唤醒了我/唤醒了我心中另一群麻雀//新的一天/我又将为驱除一群麻雀而/奔波忙碌"。清晰质朴的诗句背后，是作者敏锐的发现和独特的感悟。另有一首《踏空》，作者抓住一只黄雀在枝头踏空这个不常见的细节，联想到人生的种种"踏空"，意味深长。

　　陆岸对诗意的把握越来越显示出他的想象力和感受力的独到。他的诗中，常常有一些出人意料的诗句让人眼睛一亮，比如"仿佛树枝上两只乌鸦/一只正努力把另一只染黑"，比如"我们背井离乡／走得只剩下了骨头"……有的诗虽然表面上看起来平淡无奇，其实仍然显示出作者独辟蹊径的勇气和驾轻就熟的功力。这部诗集的压轴诗《风景》只有短短三行："世上还有什么风景，／比得上你年轻时遇见的一场大雪，／大雪上只有两个人的脚印。"细细品味，其中的怀念、遗憾、感伤之情，直击我们内心的隐痛之处。

再来看这首《煮水的黄昏》：

> 除了煮水，水壶还能干些什么。
> 除了煮水，火焰还能干些什么。
> 除了给她们装水点火，我又能干些什么。
> 春日落下来了，整个黑夜慢慢竖起。
> 我周而复始地倾听，一种越来越响的噪音……

诗人梁晓明对这首诗的点评是："这种深入细密的思考，显出了陆岸的为人风格，仔细，认真，并且由此及彼，在万千的事物中，也不断思索着自己的位置和自己应该具有什么价值。正因如此，陆岸的诗歌就更加注重一种细节的描写，他写得绵密，沉稳，不急不躁，一种自然大度的气息稳稳地展开。"我以为，晓明对这首诗的点评，同时也是对陆岸大部分诗歌的一种令人信服的理解和把握。我一直关注着陆岸的写作，明显感觉到他的诗歌一年比一年写得好，越来越"自然大度"。

对于真正热爱诗歌的人来说，诗歌写作是我们精神朝

圣的一种方式，是我们灵魂的呼吸、沉迷、修炼、祈祷、
飞翔……

2021 年 12 月 23 日初稿于嘉兴

12 月 24 日平安夜改定

伊甸，著名诗人。著有《人之诗》《自然之歌》《别挡
住我的太阳光》等诗歌散文小说集 10 余部。

目　录

第一辑　春日正坠落在沙漠上

煮水的黄昏

远处的春日正坠落在沙漠上。
而沙漠外的一个窗框内，
我的那个铁制水壶又在悲鸣。

除了煮水，水壶还能干些什么。
除了煮水，火焰还能干些什么。
除了给她们装水点火，我又能干些什么。
春日落下来了，整个黑夜慢慢竖起。
我周而复始地倾听，一种越来越响的噪音。

一个空虚的壶，亦周而复始。
越来越响的噪音是用来拷问的。
拷问周围无边的空旷、对立乃至遗忘。

而她只是一个饥饿的容器，
像尘世所有不能满足之物。
某种声音只是在持续拷问她永不知足之心。
一回回装进他人，再往后炙烤自己。

春日落下来了。我的水声戛然而止。

无数星星升起，然而夜空依然漆黑。

2019. 3. 27

栅　栏

栅栏是多么虚空无用
血肉是透明的，骨节是中空的
只能拦住直来直去的人群
拦不住流水，拦不住风
却整日里张开空空的双手

我常常靠着栅栏往远处望
远处的群山此起彼伏
他们也在张望我

而风正从山林穿越而来
她穿越过我

仿佛我也只是栅栏
也拦不住什么
我也是空的

2019. 4. 15

旷野之诗

旷野在边
旷野在野
我的旷野远离这钢铁俗世
旷野有无数有名无名的石头
尖锐。近乎肉中之刺
滚圆。曾经迁徙藏北的河床
我的旷野之石，纷纷走动，大而渺小
从千万个地底钻出
一起夯实我旷野的空旷

这蛮荒庞大的地基之上
大风恰好撑起云顶，云顶巨大而分裂
又恰好承受星空之重
我的旷野，驱逐远山和羊群
如今只种植枯黄将死之草
只呼喊扑面穿越荆棘之沙
只踢踏滚滚秋日之蹄

我的旷野
——它徒有天下之大
却有空旷之悲

我的旷野，宛如心脏

2019. 10. 25

赛里木湖

黄昏中的雪山是暧昧的
他爱上了赛里木湖这棵胡杨

他爱她年轻的颜色
拥抱她。他不惜融化自己

而她拥有了一面巨大的镜子
拥有了雪山之巅和整个天空

当时的色彩短暂和安宁
仿佛有一个秀颀的身影真的照耀过山顶

仿佛树枝上两只乌鸦
一只正努力把另一只染黑

2019. 5. 5

磨　刀

刀锋越来越亮
我的磨刀石越来越薄

眼看它磨成了一弯月亮
夜夜挂在你的窗前
眼看你种满了试刀的荆棘
挡在我的来路上

眼看你背过身，轻轻抽泣
给我看
一把空空的刀鞘

2019. 10. 18

春光辞

春光正好
这些死亡中苏醒过来的泥土
他们琐碎，狭隘，一小块一小块
又彼此抱团。黑色的伤口纷纷暴露
谁会把希望带给绝望？
锄头爱着开垦
太阳爱着照耀

而水渠另一边的金色花
仿佛一列缓慢的火车
在梦中的喀什郊外
一节一节驶过
在连绵不绝的黑土地上

绝望爱着春光
太阳爱着照耀

2020. 3. 16

雪中行

一场大雪
我走在雪地上
一年的旧世界被重启得那样新

过去的时间发出撞击的咔嚓咔嚓声
陈旧的事物总是有轨迹可寻
它们陷入进去，清晰又清脆

我的身后
有一列火车正从远方来
又将带着我往另一个远方去

而林中的飞鸟
像我一样，轻盈中
怀揣着冰冷的食器

2018. 12. 30

雪落途中

我喜欢看雪落下来
砸起的欢呼是雪落的声音
手里的一支烟也是

雪仰着脖子慢慢落下来
洁白的沙丁鱼
它们拥挤在洁白的大海中

这些待洗刷的山河
这些待埋葬的草木
这些混浊的呼吸在瞳孔中擦得发亮

伟大的树梢是易折的
精致的房顶不可承重
而最柔弱的她，将消失在黑色的水中

我仍喜欢看雪落下来
一支烟在缓慢自尽
一万朵云牺牲在雪落的途中

雪落了下来

今年的雪

落在去年的雪上

2018. 12. 10

远方正在下雪

远方正在下雪
从天山北麓下到了南麓
从慕士塔格峰山顶
下到了你的脚上

雪总是那么缓慢下下来
而当你背过身去
会有风来
雪一下子落满大地

只有下雪的时候
人间才是明白的
唯一不明白的是，你说：
"你看着我，我的黑黑的眼睛"

而我现在，正在遥远的南方
我正在想那些遥远的
下雪的日子

仿佛"我的黑黑的眼睛"
也正在下雪

仿佛门外的竹子忽然嘎吱了一声

2019. 12. 20

苏巴什古寺遗址回忆录

在苏巴什古寺遗址的一个下午
我慕名追寻一些尘封已久的土石
宽广的北龟兹戈壁上
没有一处罅隙不刻满岁月刀痕
开阔的是大殿？耸起的应是诵经的法坛
而我也许就站在高僧的圆寂之处
一想起历史就忍不住惶恐
反复的推敲和考证往往一无所知
端详这些古老遗迹的缺损残破
和田玉上已隐现出裂纹

而这个季节的沙尘暴就要来了
遗址上空巨大的光芒转眼黯淡
无数沙粒在空中盲目开火
我不得不放弃了国王对丢失国土的逡巡
却反身看见昏黄的戈壁
有一枚落日挡着归途
这是公元 2016 年 5 月 16 日整个遗址的黄昏

这是最后一枚落日

我是一个硕果仅存的遗迹

2020. 4. 29

白云间

流水越来越浅
在立秋后的戈壁滩
我爱这些干净的石卵
它们上面又开始有了新鲜的落叶
一只穿云雀忽然从草丛中惊扰
像一个意外事件直蹿向天空
云上是一种空无
云下是一种空无
我唯一看到的洁白的云
白白的占据高处
舞动的性感裙袂笼着一个流动的黑点
醒目又那么赤裸

时间即将落下来了
而这白色的秋天高处
和这石卵上凝望的一个人
是另一种空无

2020. 8. 11

西北谣

西北偏北，是故国是狼烟
苍天很近，轮台很远
走一步是霍去病，再走一步是岑参
一念起楼兰，便黄沙满天
黄沙满天
印度洋在南，北冰洋过不来
我的喉咙里有铁，眼前阿尔泰的雪

只有骆驼刺
只有狼毒花
只有一节一节的轰隆隆
那么多白胡子排着队
那么多慢腾腾
一模一样的脸
我绝望的广阔、伟大与无垠

固守的胡杨，专制的戈壁
顺从的矮房，围困的营盘
天山的石头走不完

会飞的鹰终究死在天上

无数的我死在塔克拉玛干

西北偏北呀
无数的我死在塔克拉玛干

2020. 1. 10

白桦林

北地苦寒
北地的白桦林不长叶子只长骨头
太阳低低地照过山冈
这些笔直的骨头挺立，沉默
雨来，骨头干净
风来，她们也无须挽住悲伤

当我路过白桦林时
黄昏已走不动路
我有浑身酸痛的关节
看见夕阳，我想弯腰
看见河流，忍不住屈膝
黑夜来临，又干脆装睡

只有白桦林
只有她们仍笔直地提醒我
在北地
这些天生的硬骨头

仿佛我还值得怜悯

仿佛人间的血肉之躯过于软弱

2020. 3. 7

喀什行

库车，新和，阿克苏，
巴楚和阿图什
沿途的地名并不好记
而陌生的风景一模一样：
天上没有一只鸟
骆驼刺到处长在沙地里

可我最终还是决定去喀什
那个夜晚的九个小时
在漆黑无边的大地深处
我搭了两列火车前往
我并不孤独：
一列是对面窗口这个侧影
一列是两个人窗外那座天山

2020. 3. 28

单　数

只有一个太阳照耀我
只有一个月亮抚慰我
只有一个慕士塔格峰
在承受终年的雪
此刻，也只有一个人的塔克拉玛干
配得上这些

2019. 12. 5

失乐园

我在沙漠里种草。水土流失
红柳燃烧。我要开垦的国土辽阔遥远
铁蹄残留在地底。马尾欢快而依稀
我是自己的农夫与锄头、弓箭和猎手
阿尔泰的雄鹰就在斡难河畔放逐
离开我的人儿啊。金色的沙枣
还残留着爱欲的香味

在浩瀚星空和荒漠狭隘的夹缝里
还有什么可以想起
还有什么不能忘记
我爱落日这个踽踽独行的旅人
我的落日眷恋每一个活着的背影

我就在孤独无边的沙漠里种草
骆驼刺，芨芨草，沙冬青，生石花和柽柳
这些伸出地平线的弯刀
寂寞而锐利
骄傲又恐惧

2020. 3. 31

回头马

世上最好的草原，在那拉提
世上最好的天空，在那拉提
这一切，亲身经历才能见证

而见证者就在我的三米开外
棕色的身躯晨光里锃亮
鬃毛在时而高举时而低垂的颈后飞扬
长风卷过大地，多么柔软的马蹄
唯有远处嘶鸣声欢快
我眼前的这一匹
它娴静吃草，安逸、失群而孤傲

天空有一朵吹散的白云
草地有一匹离群的野马
世上最好的孤独
莫过于孤独相伴

那是在那拉提的一个早晨
我看见它回头看我
看一个远方的陌生人
为另一处远方

长久地停留

2020. 5. 24

西行梦中

在西行的梦中
常会邂逅一些奇怪的险境
比如现在：
我被置于中亚
漫长的边境线即将拦住去路
去往山谷之途有完全透明的湖

卡拉库里，一面众神之镜
安静的乱石，缓慢的羊群。而远处群山
慕士塔格峰雪线明显。向上的
唯有苍穹和白云

辽远的空旷
总让人陷入长久的空白
敌酋陷入，高仙芝的铁蹄也曾陷入
而今，是同样远道而来的我们

我抬头时，天空注视着我
湖畔每一个脚印都呼吸困难
每一个雪山倒影里住着一个不死的神明
我唯有倒退着，踟蹰，低头，束手

仿佛这些从山谷里滚落下来
向大地匍匐的石头

仿佛一只落单的小羊
在草地上茕茕奔走

2019. 10. 5

冬 日

开窗。看见晨曦中的寒霜
石头上鳞片闪光
冷呵，冷，叶子一片片往下
向出生地，也是墓地逃亡

冰封在即，冬日是那么安静
外面的一切像冷空气一样沉降
而北方的一条河流从远处奔向人群
她的船没有喧嚣的帆
她的网在暗流里追捕不睡的鱼
她洁白的胸脯在寂寞的高杆上摇晃

只有酷寒让太阳如此可亲
只有酷寒让春天如此逼近

2018. 12. 19

盐水沟

库车往西四十里
有无数巨大的土山，纵横交错
真正的荒芜，是苍白的土黄色
是流水走了千万年

只留下了天空和烈日
只留下了风
只留给了你满地的盐和石头
又让你深陷沟沟壑壑

现在，我就在这里
往下，我的鞋跟踩不到一根荒草
抬头，我看不到高处——
哪怕一只失群的鸟

一个远道而来的人
仿佛自己成了一小撮泥土
被狂风携来
丢弃在喘不过气来的泥土之间

仿佛一辈子所见的河流

都在身上

——刹那间流失

又不知所措

2019. 7. 13

落 日

又一颗大好头颅砍下
满天火焰喷薄而出

我的脸上红光满面
为四野不可逆的黑暗苍茫
又哭了一日

2020. 5. 23

塔什库尔干

风吹过塔什库尔干
群山不动，山顶的雪动了一下
大树不动，树枝和树叶动了一下
阳光的四蹄直冲下来
牧羊人的短鞭下，白云渐渐消散
再远处就是慕士塔格峰了

要走的路高亢又风尘仆仆
赶路的人，请慢下来
无所事事的羊群一样慢下来
让我们吹吹风吧
什么风，那么无所事事
那么粗粝，辽远，苍茫
是什么风轻轻吹过
在高原巨大的漩涡中
在风中动了一下的牧羊人
又一动不动

风吹不动原野
吹不动羊群，却驱赶着我们

塔什库尔干的原野是如此缓慢、广阔

2021. 10. 5

归 途

大峡谷回来的途中
我们下车休息，看斜阳
看这广阔无声的原野
脚下四叶草的丰盛
一辆满载着羊群的卡车也停了下来
不知道这些羊是奔赴屠场
还是回到羊圈
它们的头都转向我们
因为我们站在苜蓿地上
这四叶草的丰盛也让羊群着迷
它们大口大口地张嘴
但叫声轻微

苜蓿在风中颤抖
夕阳照着我们，在黄昏
这些丰盛的食料
不在它们心爱的嘴上

天空是一个巨大的空腹
万物都在归途

2020. 10. 6

梦游草原吟留别

离开草原
总会在梦里想起
想起　帐篷　牛粪　都塔尔和马奶子酒
那近处的屠刀锋利
篝火在缓缓升起
远处的马蹄亲吻大地
春风把草原匆匆推平
推得那么忧伤广阔
而天空下有忧伤广阔的你

有翻来滚去的白云
铁架上洁白而肥美的肉体
有迷人的香气
谁又会忘记

仿佛我梦中的草原
只剩下白茫茫一片
白茫茫一片
除了你
这多么无辜

2021. 3. 18

猝　死

人间，再没有比时光更好
可有许多，偏偏不爱
昙花，只开一晚
流星，也就一闪

十年前的许多夜晚
山区的天空孤寂而深蓝
有星光猝逝
心就一颤

最近的两年一个人徘徊
在边缘
胡杨在风沙里孑立
我常常想，我不属于这样经得起

风霜的土地
江南的一棵稻禾
一旦缺水，一个太阳
就猝然死亡

2018. 5. 27

异乡的胡杨

去过西部
再没有比这活过的墓碑更震撼的了

它生前的样子
仍在挣扎与怒吼

金色的大地
雕刻在上面的金色血肉

驴子走过，骆驼走过
蝼蚁们被狂风席卷而过

除了沉默的太阳
天底下只有这些林立的纪念

我们背井离乡
走得只剩下了骨头

2018. 5. 29

月光寒

分居两地
再也不见
她却念念不忘
他的爱
他一分一厘的好

她夜夜复制
他的模样：
一样的颜色
一样的行走
一样地照着每一间空房

唯一的区别是：
她冰冷已久的身体
再也不能
——燃烧起来

2019. 7. 17

重

冬夜那么长，让你爱上了星空；
星空那么小，让你成为整个黑暗；
而黑暗那么重，就像你又一次轻轻压住了我。

2020. 12. 29

还乡路上

进山林，只见荒芜，何来猛虎？
入庙堂，最多香客，放生也不见慈悲
一路上，我爱的流水那么欢畅

我也往东来，越来越靠近了
那熟悉的属于窗外的梦境
风从熙攘的大街上打探消息

而我只是一个路人
我忽然在道旁流泪
我看见了这些庞大的灰尘

2019. 1. 30

第二辑

江南行迟迟

踏　空

窗外扑棱棱一阵响
是一只黄雀在竹枝上踏空
它轻盈的身体踩在一根更轻盈的枝头上
某个环节就多了一分不可承受之重

多么熟悉又诡异的事物
闲暇时忍不住看天看云
雨却突然阻止我们打开庭院
出门在外，也常常警惕一些路口
爬坡向上，重心又往往滞后

这些多么熟谙的场景
我们每天做着黄雀一样熟练的动作
有时也会一不小心踏空

有时幸好拥有翅膀
有时幸好不是在悬崖

2018. 10. 12

互　见

一只穿云雁飞在寂寥无比的空中
就如现在
我在密不透风的人间
一个人穿行

我抬头看它时
停住了脚步
它也停止了飞翔

它一定是
低头
看见了我

2021. 4. 20

白　鹭

一个坐在水边的人
可以看天，看云，看芦苇，看树和自己的倒影
而他专注于——

现在。湖心的上空
一只白鹭在追逐另一只白鹭

清晨的水面无可遮挡。万物正在融入
他正是被追逐的另一只

一个坐在水边的人
他终于卸下了白色的翅膀

2019. 5. 19

灰　鹭

河边的槐树林静谧
一只灰鹭和它的影子掠过水面
去了又回

午后的涟漪都是缓慢的
早晨的奔忙已逝。黄昏的聒噪
还未到来

而我现在，就站在
饥肠辘辘的灰鹭不远处
轻轻展开翅膀

每次水面有浪花起
我都想纵身一跃，扑入水中
尽管我并非一只灰鹭

——它在水中，我在碗中

2019. 7. 19

鸬　鹚

雨水即将来临
夕阳的湖面茫茫又开阔
一只孤单的鸬鹚
从水的这头一个猛子钻到遥远的那头

春日迟迟、饥饿，它的小爪子
看不见的暗流里深陷
我的身前，水杉林拥挤
一群归巢的大鸟正在穿过

那些早晨向光亮处飞奔的
又要往黑暗里返回了
万物茕茕，又不得不发出响动

雨水时节就要来临
为了这永恒的生活
我们的日子都在命定的设计中

2021. 4. 8

小满三候

我来看你时
你在门前地里侍弄苦菜
夏日渐盛，靡草已成金色
屋檐下燕子的爱巢筑得圆整

去土，除草。阳光逐渐上坡
而我站在身后
南风来，远处的麦田起伏
麦穗青涩的小乳房正在饱满

微微摇晃，挂在低矮枝头的浆果
而我就站在身后
夏日一天天新，苦菜带甜
我们一起遮住泥土

一些轻轻放倒的苦菜
她们羞涩，她们也在身后

2019.5.22

迷　途

把蛛网架在了路灯之下
这蜘蛛该有多喜欢光明
于是，光明有了黑暗的企图

诱饵和陷阱
多么迷人
光明在静待黑暗的降临

多么迷人的光明呀
它在黑暗中织就了光芒四射的罗网
而我一个人
仰着头
一只固执的飞蛾
已迷失在
弃暗投明的路途中

2021. 6. 25

方　向

回乡下
田野依旧金色的荒芜
河流刚刚解冻
喜鹊把窝搭在高枝
韭菜割过一茬仍拼命往上长

都为了空中那道光芒
而堤岸上那树垂柳
把所有从春天得到的新绿
齐刷刷伸向
沉默的最低处

最低处
林间有那么多小路
我爱走的旧路
始终就这样一条
它的方向
沉默又荒芜

2019. 2. 7

麻雀辞

清晨
窗台上几只麻雀唤醒了我
唤醒了我心中另一群麻雀

新的一天
我又将为驱除一群麻雀而
奔波忙碌

2018. 11. 10

水何澹澹

每一天是开始
每一天是落日
乌鸦与暮鼓之间
缝隙在一点点被压缩
悬挂的铜钟依旧俨然
石上的流水总是有快有慢
山寺和平原的村落
只有清扫落叶时姿态是一样的：
一会儿是须发皆白
一会儿是一阵风

欢乐那么悲伤
睡下和死去没有什么区别
醒来时，有时却会想到软肋
像大海，忍不住触摸黝黑的礁石
当人声鼎沸
"那些好听的声音便消失"

2020.4.28

皂荚树

很久未见皂荚树了
仿佛许多已很久未见的朋友
我的衣服上曾留过她淡淡的香味
而这棵郊外的树已无人知道她的名字

也许无用，就容易被遗忘和废弃
比如这条古老的河流
比如这些河埠头摩擦风声的野草
捣衣的青石板长满青苔
为爱的人来到河边的年月
过去实在太久了

而我爱这些久远的无用之物
爱皂荚树高挂枝头无用的洁白
除了金色的失败的叶子，三只乌鸫也在枝头
它们张了张翅膀下的雪。没有这些
它们也将日渐被弄错它们的名字

这条无人的道路因为日渐无用而安静下来
冬日微薄地照耀我
不下雪的冬日也是无用的

这些无用之物让人有小小的欣喜

就像眼前这些晶莹剔透小小的肉体
在失去庇护的枝头
微微摇晃，微微发抖

2019. 12. 12

马兰颂

三月，春天从黑暗中逃出来
先是第一片叶子
春风一吹，就再逃出一片来
还带着冬日的余冰，雪霜的记忆
所以田埂上十分清凉
坑洼里那么苦涩

柔弱者偏爱清静，而僻静处流水喧哗
泥土是潮湿的，阳光是温润的
从中跃出的脸庞也是葱茏的
这些矮小而又急性的奔马
就这样一簇簇、一簇簇拥挤过来
冲着叶子上窄窄的春天，冲着无数刀锋

有一种被寻觅的野草，向死而生
而春日是如此短暂。像所有被切割的美好
母亲们在篮子里追赶时间。向阳的土坡上
剪去了万千种蓬勃。多像我们
刹那间失去的——
那些要命的青春

2019. 3. 20

暮　色

走在黄昏的李树林
白昼已碎成了满地的花瓣
春光如此短暂，而黑夜即将来临
在我的前方。
前面的那些背影逐渐融入暮色
她们都来去匆匆
笑靥，脚印，无端的泪水和看过的花

还有什么誓言能够被记住
还有多少光阴不能被原谅

在这样一个春天的傍晚
翻过那座山
太阳依然有他的灿烂相伴
而这边——
星星仍会躺在她深爱的夜空

2019. 3. 25

给蔷薇

从山顶往下
林中的雪很厚了
蔷薇，你听这寂静的声音
仿佛两列小火车在缓慢行走
当我回头看时
天空这个黑色的斗笠
一下子戴在小尖山的顶上
我们走过的小径
就像爱过的往事干干净净
早已失去了踪影
而白茫茫的一片谁也掩盖不了
满山皆是披雪之松
树上有心碎之雪
簌簌往下落的不止是这些
蔷薇，你我已多久没有经历这样的暮晚
这空荡荡的前程
多像我们茫茫无用的深情
再不会有金黄的老虎了

2022. 1. 29

摸鱼儿

这是一个夏日的黄昏
浸透了金色树梢的
满地夕阳。正伴着蝉声

亲爱的，晚风里握着半个天空的香气
斜坡握着一大束木槿花的香气
我的手正握着另一只手的香气

那时，我们行走在垄上
满田野刚刚洗过
满田野湿漉漉的羽毛

满田野的黄昏
纷纷落进了一条无名河里
亲爱的，我们摸鱼儿

河水如此急促而光滑

只有你的小脚丫
仿佛雪白的小鱼儿
只有你的小脚丫轻轻踩在

一个人的脚背

2019. 7. 8

我深爱着你滚烫的红唇

今日，枯草绿了
昨日的夕阳又杀上山来
天上飞的、井栏上的鸟。多么鲜嫩
那么多洁白的，漆黑的
青春的羽毛

趁大地返青的好日子
唤回苍苍的山顶，东去的河
退回你的骨刺、胃病、蝴蝶斑
让轻风把那些眼角纹、妊娠纹抚平
重新谈一场，泪水潸潸的爱情
再中一次，海誓山盟的毒
再养一个，刻着你笑的孩子

时光长着闪闪的年轮
所有的灰烬不是灰烬
所有的终点会再次启程

走，带着墓碑出发
归途映着朝霞
青年

我深爱着你滚烫的红唇

2018.5.4

剩

春天的一棵树下
看不到星星
而月光就在风中

我站在一棵树下
她紧紧靠着我
有依靠的时间多么厚实呀

风在轻轻摇着树
树在轻轻摇着我
月光在轻轻摇着我们

恍如这人间
这春风里
就剩我们两个

2019. 4. 5

久 违

在雨歇的中午
我穿行在林间的小路
有束阳光也跟着穿行过来
她路径清晰，步履轻盈
洁白的身躯带着无限暖意

我不由得紧紧抓住这束光
像这些湿漉漉的树叶紧紧抓住枝丫
飞过的雀群紧紧抓住天空
总有那么多溺水之物
需要有人陪伴

需要一种紧紧的抓住
在雨后的林中，偶遇了一束光
我们彼此欢喜。犹如我们的所爱
经历了风雨，刺透了荫蔽
我们穿行其中，又彼此久违

2019. 3. 6

相　逢

一直想与你相逢，她说
她说这话的时候
菡萏相逢蜻蜓
山冈相逢明月
白天的我相逢了黑夜的我们

那该是一个多么美好的情节
水面一圈一圈吹皱波纹
嘴角一次一次长出漩涡
风在轻摇着每一棵邂逅的树
每一片树叶交出了昨夜珍藏的露珠

或许我们也会这般相逢？
一把伞撑开显示存在的那场大雨
荒漠握紧了唯一的那颗种子
而天空总会遇见一朵乌云
汹涌的河流总会遇见另一场干涸

一说起相逢
门外的月光穿过了庭院

2020. 8. 11

必经之路

已经厌倦了一走过
诺言就变得粉身碎骨
我的秋天
褪尽了浮华的金色
是少食多味、贪吃中毒的白果
我的秋天
在那个光秃秃树杈上
一个再也藏不住的醒目爱巢
我的秋天
是夜深起风了
你在月亮面前，轻轻
轻轻给我披一件衣裳

我的秋天啊
这胸脯胀鼓鼓的带小刺的苍耳
你一顺手，明日就把我带走
在你的必经之路上

2020. 11. 8

第七根肋骨

白天不太白了
夜徘徊在街道
也无法像拉灯后完美的黑
那些烟草味日复一日
蒸腾在第七根肋骨处

你的泪在黑夜的对面清醒
有些光亮使天井里的薄冰失色
读着温度过低的来信
看她的躯体如此融化
碎裂得像一颗初恋的心

我的马车已经在了
就在这不黑不白的日子里启程
带上一双柔若无骨的手
和一双凝视的眼睛

2017. 12. 11

搬　离

一辆搬家的车
从这个小区往新小区搬离
路过的花店
一束束玫瑰曾从那里搬离
喜欢远处的火车
把我们的脚步和眼界不断搬离

我们多么热爱的大地
把山川、雨雪、草木荣枯搬离
我们天天仰望的天空
把日夜、星辰与清风白云搬离
这些虚度的美好时光呀
把陪伴的一个个日子也悄悄搬离

如今，我的手不够有力了
只能，用这些粗糙的文字
把想你的灵魂，从大脑搬离纸上

如同你，多年前
用一颗望得到底的心
把另一颗心，从青春的独居之处

搬离

2018. 4. 29

晨昏辞

雀鸣四起时
她也打开白昼晨起觅食
台阶上的那些光如此苍白
唯一匆匆的是每天踏过的步履

昨晚的月光也这样来过
不过有些方向是不一样的

就这样填充所有的朝晚吧
院子里的蔷薇修剪得整整齐齐

——这一切和外面多么不同
可喧嚣和蝴蝶毕竟冲进来了
壶里的水一会儿安静
一会儿烦躁
想念的那个人在茶杯里沸腾

就这样虚度所有的朝晚吧
有几根白发终究无故而生

所有的熟悉都会逝去

所有的陌生还会再来
春天的花开得热热闹闹
一堵墙爬满了裂痕

她忽然回头掩面——

如同黄昏时那掩面而去的落日
如同落日后那空洞的黄昏

2018. 7. 23 初稿
2020. 8. 11 定稿

这一天

到处都是噼里啪啦的声音
仿佛唯有鞭炮
可以证明：
一年有这么一天

这一天，人间的草新鲜地再死一次
墓碑上陈旧的字刷一遍新漆
而荒草和墓碑下面依然沉默

我点了根烟
我还是陪着荒草与墓碑
与沉默的你们
一起沉默

而雨大起来了，竟熄了烟
沉默也是多余的

2019. 4. 4

我们都是盆栽

窗口的铃兰开了
一只金龟子停在这个枝头
又飞到那个枝头
白色的花朵晃动在她的
第二个陶罐里。一小块泥土上
筛选过的阳光，那么细碎
她的第一棵植株在哪里

从这个水网包围的城
再到群山、大漠包围的城
从乡下这幢楼
再到城里这幢楼
工作，吃饭，睡觉。换着地方

她们开出花朵，长出翅膀，依托天空飞翔
我只有双脚，行走在坚硬的道路上

世间这些迥异的盆栽呀
都有一个不停移植的自己

2018. 6. 7

乌桕在野

春暖花开，而田野荒芜
于是有人开荒，有人播种，有人背井，有人离乡

一只乌鸦扮演了上帝的角色
一颗种子用肉体换取了重生

所幸转世的子宫肥沃
漂流者回归了梦中的大地

一棵树的使命就是挺起一身的傲骨
投奔天空是这副骨头唯一的追求

哪怕追求的道路只有眼前的一条
哪怕仅有的陪伴是雷电枯燥和风雨陈旧

年复一年肥沃的庄稼又被收割，因为沉默
山坡上青草又被牛羊卷走，因为软弱

冷夜中，这娇美的月亮只有一枚
无数的白昼，再火热的太阳也不能成双

一棵孤零零的乌桕呀，我离开时
她在荒野中披头散发。再见时——

秋，杜鹃在啼血
冬，桕子已成霜

2019. 1. 22

命 运

冬日的暖阳下
窗台上有一个空碟子
碟子底下沾着一些黑黑的籽

它为何要在那里空空地晾晒着
我顺手拿起
往楼下倾空了这碟子

呀，你把我要种的玫瑰花籽倒掉了
可惜了这些花朵的命运
女人冲出来是如此怅然若失

阳光依然温暖
楼下有一片小小的阴影
而咫尺之外的光线正在无限扩大

一些被撒落的命运
正从被指定的花盆里
移植到无边广大的花盆里去

2019. 1. 30

索　求

立冬日
又看见母亲在念佛折元宝
花白头发下永远如一的念祷
"菩萨保佑，平安健康"

我不是佛陀的信徒
我自私的爱不像她那样单一
面朝大海会祈愿春暖花开
仰望星空会祝福流星雨来
遇见财神庙总忍不住焚香
邂逅美好风景情不自禁驻足

现在，我眼前就有一棵紫槐
紫色的花儿早在夏末远去
满树繁华随北风凋零
如今这光秃秃的树干

多像我向世界伸出的空空双手
春夏时，获得
秋冬时，失去

2018. 11. 19

放　下

一说起放下
整个秋天就红了
在更高的蓝和更深色的风之间

比如黄昏的天空放下云彩
比如慈悲的阳光放下水源
先知的落叶已化成蝴蝶

总有无数的放不下
像秋霜一层层爱上青色瓦面
晓风的池塘还眷念着残月

一万根青丝转眼白发
一万条柳枝轻拂岸边
就仅剩这最后一种
最后一种难以割舍的山川和红颜

而我只为一些放下，深深垂怜
比如一对跪哺的雪白羊蹄
一双归巢的灰色翅膀
还有一副越来越沉的身段

这些下坠的旧时光啊
像一群虫蚁团团打圈
在故土的废墟上，流放多年

2018. 10. 22

等

我在离学校不远的郊外等
等儿子中考考完
这是初夏，阳光趋近成熟

仿佛海水里刚刚打捞起来的网
在空中滋滋作响
万物在一个劲地往上，往上

远处树杈上有白色的翅膀
扑棱棱飞起，落下，又轻轻收拢
周围越发安静

我等待的好时光
漫野的格桑花
这些正从大地升起的烟火

而天空在慢慢撤退

他身后的蓝——
多像一个中年父亲的祈望

高远、虚无，又这样的契阔

2019. 6. 15

终将到达

当第一缕晨光熹微
撑开眼眸，我就想起一个动词
每天我们都活在"到达"

比如这一刻，黑暗到达了黎明
又一天的喧嚣已在窗外陆续到达
我们走在出发的路上，陌生的花朵
熟悉的脸庞，宣告秋天的落叶
不同的遇见先后到达

我们穿行在人群之中
像水流流经峡谷、浅滩和断崖
欢快的冲荡，磨砺的涧石，落差巨大的瀑布
以及潜伏的溶洞在必经之地到达
而我们在熙攘中往往始料未及

所以一路奔波，在徒劳与疑惧中筹划、计算
我们翻阅推敲着一切宏大与渺小
期待某种幸运，与雁阵与潮水一样如期而至
为了这些未知的到达
唯心主义者总会抢在众神降临之前

有些藏匿了利刃，吃斋，面佛

有些扶正帽子，宣誓，不触碰一些丘壑之躯

有些通过大道或桥梁，满载，向西而去

有些摸着石头，在描摹的彼岸前溺毙

而注定要来的终将到达

无辜的我们必将庆幸

就像群星必然升起

在下一个黄昏时分

2018. 9. 28

秋声赋

——给欧阳修和张枣

是时候了
第一声雁鸣从空中吹落
南山上的雪便开始眷恋大地
那些逐渐赤裸的悬铃木、合欢、紫叶李和紫槐
她们容颜易老,熬过一个春夏
盛装之爱即将步入穷途

总有一些深陷在视线之内
比如昨夜的蜜语,柔软的波浪
比如一个人低低的泣
这些时间的标志之物
和尘世的白发及葬礼一样深刻
每日端坐在镜中,我们所见已非自我

蛛网和一些裂痕总是悄悄呈现
光线是不忍直接反射的
我们养着珊瑚藤、冬青、使君子和铁线莲
养着小刀般把月光切碎的竹叶
养着杯中的铁皮石斛,沉浮的海马
养着如烟的往事,渐渐褪色

我们不断把自己种植在庭院，深深掩埋
又不断地在广场上松土，浇水，修剪
多么不相干的早晨和傍晚。在亲人们中间
除了那些剖开的年轮，多么易老的容颜

只要一想到秋天之事，那株后悔的秋海棠
又火红地开了起来，在南山

2018. 9. 19

台风吟

台风过境，云团便挂在窗帘上
门帘上，眼帘上
一朵紧缠着一朵。像渐瘦的槐

紧赶着落叶。斜着阵列的骤雨
夜深人静
鼓点也一阵紧似一阵

有些声音日夜喧哗，丰满的河水追上了河堤
要来的终将到来，不来的宛如云烟
不必等。不必躲。不必追。

他们自有来去
蚯蚓在荒野隐秘穿行，那些风雨
转眼杳无音信

2018.8.21

不确定

山上的冰川渐渐融化了
动植物们反复开花结果
强加给它们的
餐桌上——返还我们
像每月都被一刀刀收割的月光。所幸
夜晚还有微弱的星星闪耀

所幸河流还能往东而去
所幸雪仍然是一种颜色
所幸海水跟泪水都带咸味
所幸树木依旧书写年轮
所幸一年坚持四季
所幸我们的生命带着死亡的追击

有太多的不确定
像纯净的白云在天空轻浮
活着
我们如此张狂　又如此敬畏
不活
都在寻求安息

2018. 5. 14

待　字

深陷于江南一场梅雨
从上月落到今月
从昨晚落到今晨
此时雨声又在敲门

而窗外恰是二十岁的好风景
远处的早稻应在结穗
眼前的池塘正在沸腾
唯一的憾事是没有轻风吹来
下落的不停下落
升起的密密麻麻升起

白茫茫的空中
白茫茫的屋顶
白茫茫里，一个个粉红的花苞
就要出嫁了。满池的荷叶
泪珠滚动

——仿佛是娘
轻轻摇头

又轻轻点头

2019. 7. 12

割草机 1

七月流火，夏日单调
割草机流于声音

小蓟、马唐、泥胡菜、稗子、牛筋草、车前子
眼前的草坪在由青变黄
有知名和不知名的花朵
俯下身来排着队交出自己
而那时阳光猛烈，不知厌倦的钢铁
正来来去去

天空瓦蓝，且低于一个个洼处
哦，我的草坪开阔起来
周围的苦楝树渐渐高大
炎热的时间总被一种事物控制
要么在低处，要么在高处

现在，我的割草机仍旧在轰鸣
她们有一双透明的翅膀
收割完草坪，正在收割树梢

2019. 8. 1

割草机 2

秋来。下坠的下坠
南归的南归。乌鸦四处纷飞
拥挤处逐渐稀稀落落
割草机巨大。轰鸣。刀锋又那么多
赐柔弱者以腰斩。让未白的先白
或施与荒野的大火

黑夜日趋沉重。白昼又被一点点削去
这漫山遍野的机器。我独爱的
一种：卷地而来的风

她收割了这俗世万千种草
包括我渐白的灰发我屋后的树梢。
秋来。我的割草机仍在呼啸——

她苦日子也割不断
白月光也切不开

2019. 9. 19

退

大海无边无际的蓝
我注意到的却是眼前的那层白
——苍白的横断面
一张不断奋勇向前
又倏忽后退的脸

无数的泡沫以及泡沫顶上的花朵
海水汹涌而来。又摁住喧哗
悄声而去
带走的是所有的足迹
和它自己
而我站在越发苍白的沙滩

——仿佛一枚落日
站在陡峭的枝头
心生退意

2019. 6. 27

情　书

我和你一样独处
白天与夜晚一样安静

一年仍有四季
蒙面的冬天更加漫长

道路和天空越发宽阔
熙攘的人心从未改造

河水还在石上流淌
石头那么多棱角多像你尖尖的指甲

从前的小村多么遥远
如今的你就在马路对面

蓝天白云也多么遥远
而我却只能远远相望

划伤的永不止河水
汲水的人已永不再来

我爱你，爱你的流言

越来越逼近真相

2020. 2. 2

老父亲

植树节应是过了。门前的小径
往熟悉的水边延伸。昨夜的雨
是新下的。眼前一垒垒新开垦的泥土
这一排歪歪扭扭的桃树崭新

我的老父亲在田埂上吸着旱烟
一只灰斑鸠在近处跳跃。河岸的阳光
金色而蓬松。一个多么孤独
而憧憬的国王。他的士兵才刚刚列队
他的粮食正准备生产
他的铁器不准备再生锈

多么耐心的春风。从田野
裸露的一个个伤口上拂过
"湿漉漉的黑色枝条上花瓣数点"①
远山与远山隔开
枝丫与枝丫是那么陌生

我的老父亲,他爱的季节

———————————

① 引自庞德《地铁车站》。

都是被汗水——修剪过的
好像那粉面桃腮。以及
那姹紫嫣红

2020. 3. 14

回小桥村

到达小桥村的时辰
像从前一个最普通的黄昏
桥头新砌了三个挡车的石磴
两三点寒鸦掠过河面
桥下的水渐入暮色
走远的人也渐入暮色

那么多年，我从熟悉的喊声
和近在咫尺的灯火
走了出去
就再没有一条老路
让我走得回来
比如现在。我刚要抬头开口
还来不及答应一声
老树上聚集的这些黑点
又扑棱棱飞走

2020. 3. 28

渔　者

水流不能过于干净
最好，不时有水波荡漾
这是钓鱼人喜欢的水面
而荡漾的水，不，荡漾得厉害
最好激流澎湃的水
更为鱼儿喜欢

现在正是发大水的时候
水流拥挤、激荡、浑浊起来
不甘寂寞的鱼儿们纷纷向
最澎湃处冲去

有人索性放下了钓竿
赤裸裸下水
正好
浑水摸鱼

2020. 5. 24

在春风里打铁

四月的春风已转暖
路边的铁匠正在挥汗如雨打铁
简易搭建的铁匠铺，被一片嫩绿包围
大地的新生简单，又如此繁密
顶上的芦棚在春风里晃动
棚下的炉膛火光，铁匠与他的影子一起晃动

在春风里打铁
身边这棵紫槐必然经历开花的战栗
而屋后的那亩良田正在等待锄具
麦穗和荒草在遥远地等待镰刀
大嘴翕张的鱼在砧板上等待去鳞
铁锅在青烟里等待铲子，那么焦虑

在春风里打铁
仿佛万物就要在这个铁匠铺里诞生
在春风里打铁
必然有马蹄在道路上哒哒哒哒响起
当我转过身去
还有金色的蝴蝶在广阔的原野上
淬着火　淬着火

飞来飞去

他们，继续在春风里打铁
而我仅仅是一个路人
路过了时间的熔炉与所有痛苦的
——锤击

2020. 4. 26

寒食辞

——庚子年梦见我的祖父

午夜梦回，又见到你
枯瘦孑立，形单影只
在老屋那间房里。你面朝北窗
欲言又止，又忽然流泪
我拉着你的臂膊了，却人影空荡

房间空荡，哭泣也是空荡
二十年。时间在一个一个的
忌日里流逝。在祭奠的清明里虚无
除了多一些无人看的独自热闹的花朵
外面的四月也是空空荡荡

今日寒食，据说不能点火做饭
那我点一根蜡烛，再点一根烟吧
双手小心捧着，奉上祭坛
仿佛大火烧来
那个抱着柳树的介之推
护着老母

2020. 4. 3

春光速写图

这一边火红的
一定是从喇嘛寺里转世过来
这一边嫩绿的
犹如白茶在溪龙村绽放
墙头的瓦片哗啵作响
证实雌猫不停在呼叫夜晚
此刻，听话的母狗躲起来呜呜分娩

有人不由得把窗户开了七分
顿时有十二分的春光乍泄
熟悉的坡上桃花一辈子嫁了两个男人
嫁给春风的，嫁给了诗和远方
托付给骤雨的，原地零落成泥

而我只是一个勤勉的农人
我把仅有的一副粗糙手脚
赤裸裸地伸向大地

——泥土得以翻身

——"春天得以安葬"①

2020. 4. 3

———————————

① 韩国诗人高银诗句。

秋　日

所有抬头者都是葵花
在深蓝的包袱里。秋日盛大
雪白的鳞片在空中翕张
肉身与万物适合脱落。适合我
在土坡上与万种落叶枯坐
所有的硕果，自北向南一队候鸟的风

往高处的终究又要回往低处
我默念了两遍葵花
默念了两遍秋日
默念了无数遍自己的名字
露出水面的十块石头黝黑
它们攥不住那些柔弱的失去

像我黑黑的十指，攥不住这浩荡秋日
——渐渐的归

2019. 9. 18

拔

"种田不如种花"
那时暮色已收拢
蛙声在栅栏外撞击、跳跃

——父亲下了这个瞬间的定论
侍弄完禾苗的大手
正在侍弄着盆里的一些花

外面的禾苗仍只是禾苗
而眼前的花朵却开得艳丽
岁月太沉了。白昼与夜晚

压弯了这个男人的腰
不同的是——
现在他终于可以

把腿从烂泥里拔了出来
而星星，渐渐明亮。她们
也从夜色里拔了出来

2019. 5. 28

孤独的蛐蛐叫

今晚的月光
高远又安宁
蝉声和喧闹已随夏天远去
只丢下一个蛐蛐儿在深夜里奏鸣
它那么曲高和寡孤芳自赏
我忍不住也跟着轻轻哼唱
当我唱时，周围
只听见一种歌声和月光
而当我不唱，可以确定
是这小虫子又重新让世界安静下来

一个人的声音是多么微不足道
根本抵不上
这秋夜里
星星们浩渺的眨眼
和满园子里
一个孤独的蛐蛐叫

2020. 9. 22

秋日颂

朝阳稀释了薄雾
又一个秋天在岁月里打卡
当我空腹穿过这些斜卧的阴影
雀鸟正在枝头忙碌
只为了寻觅一点点虫子和浆果
林中的道路越来越松软
昨夜冷雨带来的泥泞早已被掩盖

这些高挂的成熟多么圆满
而相伴的凋零又在陆续进行中
移动的晨光与树荫交替
大地上黑白分明
我刚刚走过我日复一日的生活

我鞋上有迈过草丛淡淡的水渍
像擦肩而过的蝴蝶和往事
很快会消失
我也有光秃秃的枝丫指向天空
仿佛固执的秋日
在落叶的人间往复

2020. 9. 23

去当面唤她一声母亲

每年这个时候
我就去老家看母亲
去当面唤她一声母亲
去当面应答她唤了我半辈子的乳名
与她一起杀鱼
吃饭时看她一筷筷地夹菜给我
看她的黑发一年一年地变白
她的皱纹一年比一年
密密麻麻地缠绕我心
她的咳嗽仿佛梦中我的咳嗽
她的步履越来越像我
学步的蹒跚
可我跌倒了
当初有她搀扶
她若跌倒了
如今我不在她身侧

我知道
我在人间正享受这样的福
很多来日在一天天缩短
就像幼时的老屋落满了星光

就像眼前入夏

稀落的花朵

正摇曳着穿堂风

2021. 5. 9

回乡下

这些田地。这些年
我是那个没有半点风声的人

这些墙角的狗尾巴草
见了我已不会快活地摇

这些披头散发的玉米秆
我刚刚抢走了她们怀里的孩子

大米，南瓜，还有沉甸甸的土豆
我迅速地带走这些

上车前。不忘轻轻拍一下
对，就这些

——鞋跟上的尘土

2019. 8. 12

月在山巅

一盏遥远的风灯
今夜，挂在尘世最高的一个山巅

欣喜在广袤的土地上发芽
而悲伤与孤寂在大海停止飘荡

放牧者把自家的羊群唤归羊圈
蓝色的水手，降下历经惊涛骇浪的帆

一颗大星在这个夜晚放大万倍
最难愈合的伤口在今晚愈合

郊外的过客步履匆匆又格外温柔
眼前的亲人一下子白发苍颜

多少的杯中酒都想一饮而尽
多少的话语长满了鱼刺。鲠在咽喉

我爱的。当我跋涉过无数个黄昏
坐在你面前。我的那盏孤灯

——清冷的风中
她经历了大海。她还在山巅

2019.9.13 中秋之夜

白发吹又生

刚刚白露，又到寒露，
行道树露出光秃秃的树干
已是深秋

那么多不约而同的分离
先是颜色，再是收拢的身体
然后疲惫的蝴蝶回归大地

我的母亲正在门前打扫那条小路
她不时把一些吹走的落叶弯腰捡回来
轻轻地放进旧篓

已是深秋了。在风中
她捡拾得越趋缓慢
仿佛在捡拾自己一地的白发

——弯一次腰捡一根
弯一次腰，又捡一根

2019. 10. 9

竹篮打水

用水桶打水
用水缸
锅碗瓢盆
用各种容器
滴水不漏地囚禁
搬运
用火烧
用一些树的叶子浸泡
用冰冷的管子引导
安装上阀门
我就这样子占有了水
拥有了她
支配着她
消耗着她

可我仍有浑身的破绽来不及堵上
对一个小孩子说谎
与不爱的人做爱
我大汗淋漓
爱我的人一个个离我而去
看夕阳下山

我又会迎风流泪

我只是人间临时过水的一条河道
一个天生漏底的花盆
一只竹篮
又在向水面挥去

2019. 12. 18

大风歌

大风，你刮走我吧
你一定要刮走窗台上的灰尘
刮走街道上的落叶
你要把广场上那么多沙子也扬起来刮走
工地，那么多头发被你揪起
简易棚四周荒草萋萋东摇西倒
被你刮得孤苦无依
你要使劲儿地把它们统统刮走

大风
你一定要
刮走昨晚隔壁女人的哀哭
刮走那半夜的呵斥和婴啼
刮走一个城市明明暗暗
只照鬼不照人的灯火

大风，
你刮走我吧
像飞沙走石时最先刮走的那块
孤零零的石头

2021. 4. 27

三月十二日

三月十二日
用那些柔和的春光牵来一方太阳
要有微风，要有花香
先平整屋前荒芜的土地
让腐朽的草木们让让路
锄头像少女的脚丫轻踩

挖两个坑吧
安放从此不再迁徙的家园
松土，浇水，与白云一起驻足
叶子们向天空尽情摇曳
我扶着一个绿色的灵魂
她的脚比我站得更低
更深

三月十二日
一个坑种下了一棵树
另一个坑种下了一个人
从今往后，我学会了鸟语
拥有了年轮，沉默的朋友

和向上的人间

2018. 3. 12

铜马辞

一匹怒马
我看见它时
它前蹄奋起，肋插双翅
正在高处迎头奔驰
它朝我仰面长嘶

这些躯体，铜铸之身
还在不停狂奔
供人驱驰

这应该值得庆幸还是不幸？
生前死后都一个样子

而驱驰它的人
都将一个个烧成灰
住进黄土

2018.11.11

落叶辞

活着
悬在高处
身段柔软

有风吹过
就把风声记住

死后
甘于脚下
黄金满地

有风吹过
骨头里哗啦啦响

2018. 11. 12

冬日未雪

冬日的原野一片野茫茫
用铁锹铲沟渠的人面貌黝黑
同样黝黑的是他身后那条空空的沟渠
泥土有新鲜的伤痕
乌鸦们在追随着它
不久之后的大雪会将它的空虚填满
远处的河床日益蜿蜒
垂钓者消瘦且孤身一人
铁锹从大地温床里挖掘出来的
又被锋利的鱼钩穿透
这些被乌鸦追随被鱼儿追逐的
不在同一处
却仍是同一事物
现在，我也正饥肠辘辘
看彤云渐渐压了下来
原野那么空茫
我来到他们中间的日子已经很久远了

2022. 1. 3

未钓者

河边的步道上
行人稀稀落落
行道树笔直地指引着远处
斜阳里落满了松针
一只黄雀孤单地站在枝头
不群者习惯于形单影只
就像桥头那个垂钓的人
一无所获又一动不动
天空有看不见的飞鸟痕迹
平静的水面犹如平静的生活
也有看不见的钩子和暗流
而我注视这河边的暮晚
冬日是那么安静、博大又慈悲
仿佛一个鲜红的浮标
站在暮色的水中
渐渐下沉渐渐入定
世间有多少尾鱼
像我，仅仅张了张嘴
又从看不见的一日之钩中
侥幸游过

2022. 1. 9

荒　野

枯败的荒野横陈在大地之上
季节的代谢不可避免
而神的冬日只有一个
前行路上有茕茕白兔
我总是畏惧未卜之途
风车在转动它巨大的影子
多么忐忑迷人的方向
忘我的天下无比寂寞
收获的死亡里填满了金色
唯有镰刀安慰了一切
一只麻雀"叽"的一声
为啄食到一粒遗弃之谷而雀跃
我为这小小的物尽其用而欣喜
一个在荒野行走已久的人
是否也是物尽其用的
荒野一次次路过了他

2022. 1. 29

我说理想

庭院早已洒扫
油漆的木门吱嘎有声
远行的人该启程了
冬日那么好
乌桕树外的原野干净
又被几只麻雀的翅膀笼罩
我眼前的道路就这一条
那驾马车也只在梦境里出现过
我轻轻说一声"驾"
从此我便是我自己的车夫
哪怕没有一个追随者同道
现在大风正起
一群云雁正翻过漆黑的树梢
我一定要奔赴所有恶之花的尽头
半途有未来的霜雪
坠落的滚石又去而复返
怀抱理想是件多么忧伤的事
一根现实主义的长鞭总在鞭笞我
它在抽响
又总是抽在虚无

2022. 1. 12

忏悔书

是日晨
又一条黑鱼为我而牺牲鲜活的肉体
在必经之路上
小面馆重启着日复一日的生活
我在饱我的口腹之欲
而远处
群山仍在滚动着它的顽石

黄昏时
落下来的顽石仿佛又回到山顶
那些残缺又在变得圆满
我们每月过的日子是否就是
这轮虚幻之影
晚上她露出了镜子里的真身

我们都在苍穹之下
黑鱼啊
它仍在水中

2021. 9. 21

第三辑

有风吹过人间

读茨维塔耶娃

如同停栖在

这个古老的小镇

茨维塔耶娃的香烟刚好燃尽

一个新太阳吻了吻又一个早晨

我想和你一起生活

时光有太多的空隙

忘记日子和人间过去那么多厌倦

我忍不住嗅了又嗅

大朵的郁金香仍插在瓶中

我回头，"你会躺成我喜欢的姿势：

慵懒，淡然，冷漠"①

雪就要融化了

仿佛爱的目光还停留在你的胸口

现在，吹笛者吹起他的笛音

鸟声已很密集

它们在窗外不停起落

我的小火炉上

两碗小米粥正在煮熟

2021. 10. 7

① 引自茨维塔耶娃《我想和你一起生活》。

浦阳江边

路过浦阳江边时，柳色正轻抚流水
枝条上松开着无数春风的纽扣
与透明的春水一起招摇

而道旁的金色油菜热闹
我恰好看见的
是一些孤单的事物

比如那条被推离水面的长堤
比如长堤上那仅有的一排梨花
毫不惹眼的象牙白

一抬头，又看见空中的那枚落日
她也被高处的大风推离。从东往西
一个背影默默走

点地梅也是
她们总是零星散落
在僻静处

2019. 4. 13

望　秋

远处是我的祁连
而我坐在高处
广袤起伏的大地，我的良人正在收割

这个季节的作物只有一种。田野里齐刷刷
蜂拥而来的金黄颜色
它们温顺、驯服，像我良人饱满的胸腔
脱粒机缓缓地移动。我的良人，他有一双
粗糙火热，海浪一般有力的手掌

没有一只乌鸦飞过
天空是一个虚无的空巢
而我的良人。我的手正无处可放
只有群山紧紧抱着我

这是一个秋天的埋伏
我是一枚丢了引信的雷
明晃晃就在高处
而暮色尚早

2019. 4. 7

山 伯

在万松书院幽居
走过的新路变成旧路
见过的人都是些旧面孔
我独坐饮茶，忆及风物
看成双成对的蝴蝶
日子一再荒废又重复
除了登高，让远处的湖泊拉近距离
除了打开窗，让东晋的日月落进来
我还能想起哪些往事

我有十八里相送的小径
林间灌满了短亭长亭
多么空荡的朝暮
那晚明月正照着另一个人
那人忽然唤道：山伯

你有薄薄的衣衫
你轻轻扇动翅膀

2022. 1. 13

无事溪

武陵源下来，黄沙泉水库安静
那是被团团拦截的缘故

而再下来，三十块石头掷于水中
空隙均匀，溅起无数的大雪
这细微的人间有了暂时的落差

这样缓慢的弧线，在两岸青山之下
我安坐的似水流年，也有了发射的意图

仿佛所有的热闹、此刻的冬阳是飘忽的
而湘西残留的金色笔直坠了下来

在无事溪，我们是如此无事
只有坡度上的水薄薄地承受了一切

2019. 12. 6

口器赋

世间万物皆有口器
比如猛虎、毒蛇和秃鹫
这些明摆着的威胁其实并不可怕
我在天目书院小住时
室内为蚊子的口器所困扰
这些柔软的嗜血工具
隐蔽、渺小却异常锋利
而室外的蝉，与之呼应
日夜不停歇地掠食、欢鸣
十万棵沉默的栎树、油松、水杉和八角枫
在烈日下和月光里跟我一样轻轻战栗

这土地上有多少苦楚和忍耐，一言不发
被这些明晃晃冠冕堂皇的宣告
被底下伸出的口器
暗暗折磨、榨取

而我仍旧跟它们一样
只是轻轻战栗

2020. 7. 21

烂柯吟

一座山以一把腐朽的斧柄命名
那二仙人早烂在了传说中
今天的三人行有阿剑、步红祖与陆岸
更是樵隐岩、石梁和日迟亭

唉，对阵者到处都是
那些成败皆为定数，春夏仅仅轮回
而观棋者始终不语
我们再往高处，便是弯路

雨点仍笔直下来
山脚有两方莲池
这时密集的棋子摆满棋盘
落子将尽

2020. 7. 25

香海寺

看见香海寺的时候
濮院的古镇正在新建
于是廊桥，古城墙，石板街
粉墙和黛瓦依次出现
这是南宋风格的以旧修旧
福善寺以及旁边的高塔庄严巍峨
多么悠久的历史正在崭新
有人的地方，就有人造之美
人造之美又千方百计模仿自然
一切搞得像真的一样
而墙角、河边那些野草
它们疯长，不懂得修剪自己

它们还不会怀旧
还不会。像小桥流水
装点人间

2020. 8. 10

白马颂

群山隐约而陌生
湖泊被轻烟笼罩
一些旧物质重复着生死和苍茫
除了大地还有故人的背影

而我的道路正在远去
我的皮鞭充满新鲜的金属回响
哦，不不不
有一刻终于安静下来了

我的黑马遇见了你的白马
我的黑夜爱上了你的黎明

2020. 5. 14

香樟树

春光里，李花开得稍早
桃花总要晚一些

当我车过萧山，梨花正旺
几位年轻人正在路旁痴迷逗留

我的车前却落叶凋零
一排香樟树，长出崭新的绿色

把坚持了一个冬季的金色抛除
同时抛除的还有黑色的樟树卵

噼里啪啦地亲吻着车顶
像春天的阵雨，但质地坚硬

这些熬过了一个冬天的果实和落叶
如今看见花朵却再也坚持不住

总有一些树把春天当成秋天
总有一些人遇见新朋也会当成故友

香樟树在找它最对的季节

而我们，一生在找最对的人

2019. 3. 31

乌镇戏剧节观德剧《欧律狄刻说》

欧律狄刻在一间黑屋里

捶胸顿足，那一晚天色不太黑

整个乌镇漂浮在喧嚣的水岸上

影子，歌手的妻子她说她是一枚影子

一幕水做的舞台凌驾于观众们的颈项

也凌驾于那些忙碌的声线，以及令人费解的剧情

这些人晾晒在上面

月光照不到最耀眼的那个灵魂

局促的空间里，只有黑暗在尖叫与追逐

影子说她要的是自由的国度

光的背面没有一张清晰的面容

没有荣耀和遗弃，黑暗是黑暗的黑暗

这连头发都战栗的小女人

她哭泣的眼神长出失落的利爪

在下沉到 99 级的电梯里，所有的归宿已经顿悟

欧律狄刻的通篇自白，如同来回奔突的那个隧道

水乡的晚上

自由的德意志人塑造了一幅怎样的人间

和阴暗走廊里一枚怎样的影子，支离破碎

我长吁短叹，如一支沉默的音响

如小巷灯影里悬着的脸庞，时间若隐若现
大地沉浸在这些水做的影子里
昨晚，左边的月亮遮住了半边眼睛
回想起来
如同这些观众坐在自己的位置上
倾听，鼓掌，难以自拔

2017. 10. 29

生如油菜

当你看到这些金色的尸体
横卧在地。细小的枯枝果实累累
那不是秋天，才刚刚初夏
那金色应该还是难忘的花朵
似乎昨天还在众人的田野
还在女孩被沾染的裙袂

生如油菜啊
而我们的春天又如此往复
往复金色的美
往复短暂的生

往复这些累累而迅速的等待：
被晒干，被收割

2020. 5. 3

灵山寺

郭母山南
我走在弯弯绕绕的山坡
金色的小野花也跟过来

春日里多的是随风的云
整个山坡都飞了起来
在其中的一朵

身后。一座金色的莲
托举着整座山
也轻轻托起了我

每一步上山的石级
缓慢，蜿蜒，匍匐。撞钟的声音
仿佛从未响过

参拜了，考据了之后
一个个我
仿佛早已经来过

2019. 4. 19

阿勒颇

天色将明
我扔掉了他们塞给我的
那本经书。

我白胡子的祖父死了。
我的丈夫，我亲爱的邻居
昨夜刚刚埋葬。

一个复仇者从砖头瓦砾的废墟里爬出来
今天起我将是撒旦，一个疯子
一个尖叫着的寡妇……

我踩碎了挂在脖子上的鸽哨。
手里的卡拉什尼科夫冲锋枪
它将教会我大声歌唱。

2019. 6. 3

动车之上

动车在急速前进
这些天反复把我从一个城市
搬运到另一个城市
肉身在迁移
而沉默的窗外
尘世以不同速度后退
离我近的退得飞快又决绝
离得远的，似乎又带着
某种暧昧的留恋

在动车之上
我与万物姿态如此相似
有的前行
有的后退
一样的彼此注视
正像夏日天空那些稀薄的白云
她们也在被天空所搬运

——而我也是她们窗外
一个急速后退的事物

2019. 7. 23

山居秋暝

秋日渐短
黄昏贴着苍黄的苔藓
油松，丑槐，千年柏……
落叶正落在空中
地上松针层叠而松软

那时，看见斜阳刚漏过山顶
——独缺一场大火啊
这天上人间
一念起，这金色的山便已空
再念起，无端地想念流水

而石上流水声远
群鸦正惊起炊烟
暮色和私语落在密林深处

秋日山中
有人正徒步归来
远远近近，始终走着弯路

2019. 9. 3

海边的玲珑芒

在海边的一个湿地公园
秋日正在空中撤退
海三棱藨草、香蒲、糙叶苔草、灯芯草
她们的名字里带草，生的也是草命
季节的弯刀一割
金秋便倒伏不起
而我是来看芦苇的。对，芦苇
这个唯独还在迎风挺立的大草
骨子里带着晶亮的盐

"一个在万众投降之时
也要死战到底的草民"

在海边的这个秋天
我在湿地公园看到的芦苇
是一个大雪未到
就把整个冬天的白捆绑在头上的名字
是"玲珑芒"，在海边的人世
洁白、发光的名字

"一个披头散发的老父亲"①
在刀片般飞来的寒气中呼啸

2019. 11. 3

①　引自张执浩《高原上的野花》。

般若寺的灰尘

这里的雪仍只下这么短一个季节
而她们，比雪更轻

打开门，她们会进来
开一扇窗户，她们会进来
风拂过栅栏，会把她们带进来
奔波忙碌了一天，我又把她们带了进来
她们比坚持更坚持，比拒绝更顽固

她们是云淡风轻下坠的花朵
她们是痛哭号啕时的震落
华丽在镜面上日益蒙羞
月光一夜一夜在山外盛开
我知道，有些湖面是不断经过擦拭的

人间是如此旧了
檐角的风铃忍不住微微颤动
庭院里多么满满的空荡
我仍在空织一把
拂尘

2019. 11. 27

证　明

佛塔之上，虚无之间
天是一草一木从下往上
一点一点变黑的
唯有纯净的流水一头奔向低处
用粉身碎骨的白
证明她的本来颜色

2020. 7. 22

山中小住

我们终究要在这山中小住
远处仍可看朝阳，落日
近前有半卷书，一掌灯
两个人影绰绰

栅栏外山路逶迤，横卧时松针清脆
高处的流水总是容易被放牧
此时。我们喧哗，而群山孤独
我们浪费着每一个早晨
又如此清点每一个暮晚
山前屋后，余晖也被一一收拢

深夜里，会起风，会下铁
会有一些春光，一些扬起尘土的韶华
仍不免想起。此刻
群山喧哗，我们孤独
而隆冬的大雪已纷纷挂在了枝头
在山中小住，我们已无处可去
白茫茫的人世

——像所有苍翠的松柏

终究要一夜白头

2020. 1. 13

无端动荡

无名湖，是我眼前的一个湖
桃花林是湖边的一座林子
这是我每天看到的一部分
这湖平静，水面看不到暗流汹涌
桃林稀疏，也听不见群鸦鼓噪

我的日子微小，有小小的鱼群可以垂钓
芦苇和水草在岸边纠缠。炎热时
桌上有蒲扇一把，毛桃三枚
无事便修剪一下残枝，看缤纷的落英
在早晨和黄昏。如今西北风
早已吹过，我开始偏爱这东南风

这座桃林每株桃树都向我轻轻倾斜
她们无来由轻轻摇着整个湖面
我爱着窗外无端朝我微笑的那个人
爱着这无端动荡的人间

2020. 3. 16

天目有雨

天目有雨，在早晨时分
她们在云蒸雾绕的山顶刚刚生成
又在我初醒的那一刻
密集地穿过柳杉林。撞落在同样
密集的鱼鳞老瓦上
这昭明太子瓦楞上的夏草茂盛
树上复杂的蝉声叫过一夜了
在通幽的林中小径
椐树，枫香，高节竹，虎耳草和木樨
我在伞下一一仔细辨认

在山中，我是一个多么熟悉的陌生人
峭壁上的一株野兰
忍不住细嗅
再蹲下来轻抚卑微的苔藓
它们承受了践踏，也吃饱了雨露啊
我所爱的这一切简单、陈旧
就像回过头，书院里那两口老缸

莲叶那么小
雨点那么大

它们。那么恋旧

2020. 7. 20

禅源寺

太子庵的黄昏降临时
昭明峰的鸣蝉正演奏一日的高潮
远处的婉转，近处的琅琅
隐居多年的这些读书人如今重见天日
正在努力登攀高枝

那时的禅源寺暮鼓还未敲响
静谧的曲径因此格外响亮
而更醒目的是密林中的赭黄色高墙
以及庄严的石狮和虔诚的路人
一个为考取功名的山庄和一个遁世修行的禅寺
在深山深处，仅有咫尺之遥
似乎都跳出了红尘之外
又明明藏身在俗世之中
而它们怀抱的这些

仿佛我们深爱着的一些矛盾之物
并不矛盾
又同时爱着这个初见的黄昏

2020. 7. 19

野百合之遇

我相信这是草的一种
只不过长得比一般草好看
当我在一片隐秘的浓荫中遇见她
在山涧一侧她正悠然开放

过分的雨水遮蔽了她的花朵
但雪白的躯体赤裸，赤裸得耀眼
在太子曾经读书的古道旁
孤芳自赏的美人终于藏不住

人间有太多的花花草草
她们都长在熙熙攘攘处
被栽培，被嫁接，被欣赏，被采摘
在秋天的盆里空留下一抔黄土

而这一株美丽的野百合
在无人识的山中。如此喜欢自生自灭
一位多么骄傲的隐士
邂逅了也不知道她的名字

2020. 7. 20

古运河

提起人造的河流
必然是汗水
必然是眼泪
必然是奔涌的血脉
在东方，汗水和泪水尤其如此
源远流长和无比阔大
那必然是漕运的船只和两岸的人烟
运河之上，人间稠密而繁忙
这时再提起东晋的缘起
唐宋的开凿与兴盛
这些偾张的脉管到当代已然平静

就像今天步行在运河边
就着历史的掌故和云彩的倒影
我握着你的手
看那些蜿蜒之水
抚平了那么多新塘旧事

2020. 7. 12

大暑辞

当大暑的"大"压下来
此山正处妙龄，水流丰沛，青丝茂盛
上山的石级眼看着越来越重
有那么多愿须一个一个还
知了的稠拉长了整个白昼
想看的风物总看不够

一个修行者已数过了一千棵树
禅源寺的和尚忘了敲钟吧
我和这些草木痴情，也忘了剃度
这时，林间逐渐昏暗
面目可疑的路径不知去往何处
我已不记得"化香"。只看到

最近一棵叫"苦槠"
——是抬头远处
佛塔尖上一点点光
我把她念成"苦楚"

2020. 7. 22

西庐寺

西庐寺跟别的寺院并无两样
也爱在山中修行
那天我去的时候
满山都是路人
满山都是落叶

秋深了，这些离人之心
仿佛通公塔高耸
而塔下的一个扫地老僧
他慈眉善目
动作单一
不紧不慢
正是这飒飒秋风

那时天空分外辽阔
地面的金色收容了所有

2020. 10. 30

握刀者

草总是显得卑微，贱命
拥有一寸泥土，给一点水分
她们便随处可见，随遇而安

春天到了，她们又长在了羊群的嘴里
羊咀嚼着，多么安逸
像在咀嚼草经历了多少风雨

羊吃够了，就把自己献给刀
刀切割着羊，就像羊咀嚼着草
多么幸福的割羊的刀

肥美的羊，丰美的水草
这些任人宰割的命运。而那些握刀者
他们又将被谁所握

2019. 3. 20

绕不过去

曾经驱车远游
设想　很多山水和路线
我们习惯　陆地行船
有时一条小河横亘在那里
却生生绕不过去

偶遇郁郁葱葱的丛林
那么多遮掩和荫蔽
我们习惯　黑暗中穿行
看到阳光像无数利刃刺来
却又这般欣喜

下雨，我们撑伞
却挡不住自己的眼泪
风来，我们砌墙
却躲不过内心的风声

尘世有那么多绕不过去之物
比如飞鸟绕不过天空
白天绕不过黑夜

我们，绕不过脚下这片土地

2018. 10. 25

无名湖的黄昏

喜欢荒野，夕阳在林间穿行
没有人烟，草木安静
广袤的大地裸露出真理
一面黄昏的湖水，一面黄昏的天空
澄澈的镜子容纳了所有
唯有那笑声吻不住，消逝的正在消逝
而我的果实摇摇欲坠
——她所爱的即将掉落

凋零与衰败的气息迷人
芦苇渐渐苍白的小路上
紫红的月季正开了第九遍
而我那时，正恰好在秋天的梦中

——记忆的湖水有一个年轻的额头
她没有凭空的倒影

2019. 10. 5

复　制

一条青石板路走得熟了
它仍有点起伏
它的声音响亮
被踩它的高跟鞋所复制
两侧的粉墙黛瓦拥着它
在江南的微雨中
于是它们构成这幽深小巷
被撑着油纸伞的丁香复制

就这样我们复制这些
让人迷恋的颜色和声响
复制完乌镇，又复制西塘
我们期盼着明天的未知不被复制
又沉迷于复制这失去的旧时光

终于到了岁末
现在我们祈祷着新鲜的未来
用纸去包住了火
一排崭新的红灯笼挂在了黄昏的水边
可又一个新年
在暗中明摆着

被这静静的流水复制

2019. 2. 3

登岳阳楼

我们不远千里见到的楼
已不再是滕子京和范仲淹的那个楼了
而写楼的那篇雄文还在
古仁人之心的那个洞庭还在
当我们极目远眺
八百里湖水在这冬日里
仍旧波光粼粼

历史的楼宇
她重建在水边
其实也重建在人心之上
毁灭与重建仅仅是世道轮回
人间有太多的向往之物
就仿佛我们今天
辛苦登临这金色盔顶的古老结构
只不过为了望一望——

这传说中的湖依然烟波浩渺
君山依然在对岸
长江依旧在遥远的大水尽头

2020. 12. 23

马金溪

一座江边的木楼
倚江而建。设置了亭台楼阁
蜿蜒如江水的长廊
设置了清凉的龙顶，小小的茶盏
还须摆放几位高朋，焚香，浅笑的女子
在轻轻抚琴。茶几上有一个好看的花瓶
以及她好看的阴影
窗外的大水滚滚而来
又滚滚而去
声音动人，时间沉浸在声音中了
木楼的腰肢在轻颤
哦，马金溪
应该是一匹雄壮之马
或者一个女人的名字

我在马金溪畔笑谈山水的时候
马金溪的四蹄正咆哮而过

2021. 8. 14

根宫佛国

一位禅师说
一棵好的树，它地下部分
和地上部分，完全对称的
来根宫佛国，才真正明白

——隐者的伟大

你能看到的地面上的精彩
树木都能够用根系把它们
——复制，深深埋藏

仿佛无数的璞石
在时间的长河中流淌
若不经打磨
不知无数的玉佛
隐居其中

2021. 8. 15

开化纸

在开化纸的源头
看到做纸的石槽，木杆，
牵动的绳索
橱窗里保存完好的历史
多么独特而骄傲的印迹

等我们进门
大雨倾倒
群山在墙外奔腾
仿佛它们的绿色风衣又在
古老的作坊里
一遍遍挤压
一张张成型
那些不容易撕裂的伤口
在时空里
薄如蝉翼
书写者的笔力还未能够浸透

2021. 8. 16

清水鱼

水至清则无鱼
但在开化
我就要点清水鱼、清水螺

看这山清水秀的水产
如何在缶中加热
慢慢美味
慢慢变浑

多像我们的人世
一个个从赤子
在俗世的热锅中
沾染各种味道
变成
那么熟透了的我们

2021. 8. 18

卖气球的人

战争终于结束
一个卖气球的人，他的喜悦
仿佛身后隔绝在皮囊里的魂灵
被拽紧着不确定地悬空

生意与热闹在街巷阵亡太久，瓦砾和墙洞
审判的枪口不再继续伸出
这位没有留大胡子的胆大年轻人
他幼时也许风一样追过风筝
在兴都库什山脉的斜坡上
"一滴蜂蜜般的自由"①
那只在尖叫里飞翔的牵线木偶

如今，得胜的持枪者需要象征性的旗帜
这回他被允许带来彩色的虚空
这些飘起来的密集体，不会被雷声制止，那是庆祝

仿佛二十年前丢失的风筝，他轻轻牵着
而在紧闭的门窗后

————————————

① 古阿拉伯谚语。

放飞是梦

骆驼即将穿过针眼

2021. 8. 19

天　梯

唯一的舷梯上挤满了人
已不再争夺吵闹
他们安静
这是一个虚无的梦魇
这是一座不存在的空舷梯
飞机已真的远去

雪山下的一头毛驴
正驮着一位老父亲和三个孩子
朝太阳升起的地方赶路
故国的都城消失在背影中
枪炮声也渐渐安静

前方
瓦罕走廊狭窄
那女孩回头的笑脸
它是另一座天梯

喀布尔河奔流的方向是一致的
大风吹拂荒草的方向也是一致的

2021. 8. 22

风　景

世上还有什么风景，
比得上你年轻时遇见的一场大雪，
大雪上只有两个人的脚印。

2021. 9. 10

关于诗

——杨键对话陆岸

杨键： 你对童年怎么看？

陆岸： 童年是诗人真正的原乡。对亲人，对朋友，对陌生人，对自己，对世界的初步认识和看法，都来自童年，一个人三观的形成奠基于童年，毫不夸张地说，一个人的童年影响其一生的道路。而诗人最重要的写作品质之一就是永葆天真，而天真的葆有相当于诗人的童年要贯穿其一生。诗人不老，童真永在。

杨键： 你对故乡怎么看？

陆岸： 我地理意义上的故乡是江南水乡的一个小村庄——东山桥，它陪伴我度过了最美好的童年、少年和青年时期，直到我结婚。2004 年，随着城市化建设的进程，东山桥被征迁了，这个小村庄的旧模样便从此荡然无存，现在成了新城的中心地带，一个繁华的商业区，我的父母兄弟邻里乡亲还居住在老地方拆迁后的新居里。从那时候起，地理上的故乡不复存在，只有我的精神故乡永存。这其实也回归到了"故乡"的本质意义，时光一去不复返，每个人的故乡都只存在于个人的记忆中：他幼年度过的一

176

切，他在那儿成长或美好或悲伤的往事，他父母乃至祖父母的殷殷呼唤，兄弟姐妹儿时玩伴……海德格尔说"诗人的天职在于还乡"，其实不止是诗人爱把故乡诉诸笔端，每个成年人内心深处都存在"还乡"情结，只要人活着，不管离乡多远多久，"故乡"永在身畔，"乡愁"是人间共情。

杨键：你对自己的诗怎么看？

陆岸：我的诗是我人生的一个侧面，是我中年突然的变身。我从不刻意去雕琢文字，我的诗均来自生活的偶得，都是我情感一刹那的迸发，是我对这个世界某一时刻的看法，是一个个鲜活又浓缩的小我。我的诗没有师承和源头，也没有可供人学习之处。当我写出，便已失去，这些分行便不再属于我，唯有我诗歌的读者才有权利去评判或取舍。

杨键：你对传统怎么看？

陆岸：很多诗人忌讳人家评论其作品"写得传统"，但我对"传统"一词并不反感，传统并不一定意味着保守、守旧、驻足不前。诗歌需要创新，需要与时俱进，需要前卫与突破性，但所有这些，包括语言、形式，都应该是在继承前人基础上再推陈出新，往前发展。这就涉及一个"扬弃"的问题。没有传统的承继，何来创新发展！我们对待诗歌之优秀传统，就像面前有块奠基石，我们站到上面去，才能看得更高看得更远，才更有可能摘到高处的果实。

杨键：你的诗与时代的关系？

陆岸：人是生活在时代中的，每个写作者写的任何文字也必然多多少少与这个时代有千丝万缕的联系。我的诗也不可能剥离这个时代。相反，我反对生活在真空中的诗人，反对那些躲在书斋里自命清高不问世事整天无病呻吟的人。白居易在《与元九书》中说"文章合为时而著，歌诗合为事而作"，文学艺术脱离了时代，也就没有了生命力。我希望我的每一首诗都能够带有这个时代的烙印，为这个时代的一草一木书写，表达这个时代普通人物的喜怒哀乐。即使现在尚未能完全做到，那也是我努力的目标。若以后的读者能够在我的诗歌中隐约看到这个时代的影子，那是我的大幸。

杨键：你每天写作吗？

陆岸：我羡慕那些每天都能够坚持写作的人。我不是一个专业写作者，诗歌纯粹是我的业余爱好，我的诗写大都是偶得。我坚信好诗神授，诗歌需要天赋和灵感，需要生活阅历的日积月累，需要特定情感在某个时间点上的刹那间迸发。因此有时我一天好几首，有时两个月一无所获。感觉好时我抓住一切机会写下来，有时半夜想到好句也会马上起床记下，担心拖到明天就全然忘却。而工作繁忙心情烦躁毫无诗意时，我就迎合这生活，绝不硬写一句分行。

杨键：你最爱读哪些书？

陆岸：我读书繁杂，每天坚持阅读不少于一万字。近年来，纸质书籍读得少了，电子书籍读得比较多，因为编辑"一见之地"公众号的关系，每天读诗不少于50首。诗歌之外，读时事新闻和人文历史偏多一些。

杨键：今天的诗人对外国诗人的熟悉程度远超对中国古典诗人的熟悉程度，你怎么看这个问题？

陆岸："远超"可能谈不上。我们身边很多诗人朋友平时提及外国诗人诗歌如数家珍，除了读外国诗，自己动手翻译外国诗的也不在少数。百年来，新诗不管从内容到形式深受外国诗影响，毋庸赘言，但不能说今天的诗人就不熟悉中国古典诗人。可以这样说，中国经典古诗已经深入每一个爱好文学的中国人的血脉，每一个中国当代诗人心中都住着自己最爱的李白、杜甫、苏东坡。只是因为写作现代诗，中国古典诗人平时很少被提及而已。但中国古诗"诗言志"，善用意象，讲求虚实结合，多用比拟、通感，讲究用词精炼、富有节奏，甚至审美倾向，都对当代中国诗人产生深远影响。这其实又涉及中国诗歌的继承和发展问题。

杨键：你读《论语》吗？你读《道德经》吗？你读过佛经吗？

陆岸：《论语》读过，然未全读；而《道德经》和佛经车载音乐里有时会听一听，但也未曾细读，惭愧。

杨键：你对人这个字怎么看？

陆岸：天地之间，这一撇一捺最易写，也最难写。歪歪扭扭做个人易，堂堂正正做个人难。其实，我们穷尽一生都在写人字，都在努力把自己这个人字写好。

杨键：你对爱与仁这两个字怎么看？

陆岸：仁者爱人，"仁""爱"两字贯穿儒家文明。无"爱"不成人，而无"仁"做不好人。这两字的核心还是一颗慈悲心。诗人更要有一颗慈悲心，否则他笔下的文字是死的。

杨键：道与德是汉语的源头吗？

陆岸：任何一种语言的源头都是浑浊的，都与活命与生存有关，而道与德仅仅是汉语诞生时人性的阳光、真善美的清风。正因为这些东西的稀缺，所以激励汉语一直向上一直向善，某种意义上说，道与德是汉语的精神内驱力。

杨键：阴柔与阳刚，孰轻孰重？

陆岸：天地无极，阴阳互补，刚柔并济，相生相克，相辅相成。宇宙乾坤，唯有平衡方万物生。是故阴柔阳刚，无分轻重。

杨键：现实的真相与生命的真相，孰轻孰重？

陆岸：亦无分轻重。真相叙述的两种视角罢了。现实的真相相对宏观、冷酷、超离，而生命的真相比较微观、直面、贴近。总体而言，现实的真相是建立在生命的真相的基础上的，没有生命的真相，一切现实的真相毫无意义。而失去了现实的真相，生命的真相又无从关怀。

杨键：儒释道精神在当代汉语的写作里几乎不起作用，如何重建？

陆岸：儒释道精神的写作也就是有信仰精神之写作，写作精神之内核离不开当代汉语的大环境。当代汉语的写作者有多少还具有儒释道精神？！当然，有还是有的，尤其是汉诗写作群体，像杨键兄之写作已日趋禅境。所以，不管社会如何变幻，有信仰之写作一直有人在坚持。儒释道精神未曾湮灭，不必谈重建。有人在坚持，这就够了。

杨键：人性是本善还是本恶？

陆岸：我相信老祖宗的智慧"人之初性本善"，人类之"恶"来自后天环境。所以打造后天环境比惩恶扬善更重要。

杨键：大部分汉语诗人没有来世的观念，你如何看待这个问题？

陆岸：所谓"来世"是宗教的观念，表面看大部分中国人没有宗教信仰，其实不然，至少很多国人有"今生来世"观，我相信汉语诗人尤是。有信仰的诗人，因相信有"来世"，笔下的汉字就有了敬畏。

杨键：古典诗歌里有自然之乐与人伦之乐，现代汉语诗歌的欢乐在哪里？

陆岸：诗歌是反映人类精神世界的文学艺术，"人与自然"是永恒的主题，古典诗歌具有的"自然之乐"和"人伦之乐"，现代诗自然也具有，由于现代人触及的世界更为广阔深邃，表达方式更为自由，现代汉诗能够反映的欢乐也更为丰繁复杂。

杨键：你如何看待诗歌的声音问题？

陆岸：诗歌诗歌，诗是可以歌的，这就涉及诗歌的声音问题。韵律是古诗特别讲究的一部分，但诗歌发展到今天，现代诗表现形式和语言运用更加自由，其声不一定都得读出来，它涉及语言的内在节奏、气息等诸多方面。当然，所谓"诗歌的声音"还可以理解为诗歌独具的风格，我希望自己的诗歌能够发出独一无二的"声音"。

杨键：你认为诗人的精神核心是什么？

陆岸：真善美。

杨键：你诗歌的最高理想是怎样的？

陆岸：余生写出一首在我身后十年还能够被人提起的诗。

杨键：你为什么要写诗？

陆岸：我可能天生与诗歌断断续续有缘。读初二时，席慕蓉席卷校园，我一下子被她《青春》等诗迷住，当时迷得买了笔记本抄她的诗作。高中时暗恋某女生，也偷偷写过一些分行。后来提前保送去湖州师专中文系，学校虽不大，但有一个全国有名的"远方诗社"，指导老师是全国著名诗人、诗评家沈泽宜教授。记得大一时我在校报上发过一首诗，于是被"远方诗社"时任社长看中，加入了诗社。沈泽宜教授平时主要给我们上现代文学课，但我印象最深刻的还是听他上现代诗课。可惜我当时主要精力不在诗歌上，即使写过的一些分行也当情诗统统寄给了心仪的女孩。毕业后参加工作，从此奋战在初中语文教学第一线，二十二年再也没有闲暇工夫写一首诗。直到我 2017 年援疆回来，调到机关单位工作，八小时之外有了纯粹属于自己的时间，闲暇时再次提笔写一些分行自得其乐。机缘巧合的是，2017 年 9 月，桐乡市作协主席康泾招兵买马组织成立"凤凰湖诗社"，于是二十多年后我又成了一个诗社的社员。这次中年写诗，竟然一发不可收，一个业余写作者，2019 年 3 月在《诗刊》"E 首诗"栏目头条发表了诗歌《踏空》，然后百余首作品在全国著名专业诗歌刊物及部分综合性期刊发了一遍。很多诗歌被选入多种年度选本。还出版了自己的诗集，火速加入了浙江省作协，自己的诗歌公众号"一见之地"也具备了一定的全国影响力。今日回顾这些，我不是为取得了一些虚名而骄傲，而是为自己俨然成了一名专业诗人而惶恐。我中年写诗是为什么？我的初心是什么？我仅仅是为了打发一些业余无聊的时光，仅仅是为了让我的后半生变得充实有趣更富有意义罢了。人生半途，所有这些发表、著作均是身外虚名，都是空的。我只是诗歌爱好者，称不上什么真正的诗人。

杨键：你对死亡怎么看？谈谈你经历的印象最深的一次死亡经验。

陆岸：有生必有死，无死何谓生？死亡是人类的终极宿命，生命的价值正因为死亡的步步紧逼而凸显，因为有了死亡终点的存在，生命的长度早已注定，一个人如何度过一生便变得富有意义。海德格尔说向死而生，诚哉斯言。

如果没有死亡，我们会浪费大把的时间，变得慵懒而颓废，不再为生命的短暂而忧虑，不能感受生活的失败、伤痛和牺牲，也不会因努力付出有所收获而感到成功之喜悦。正是死亡让生命、亲情、爱情、友谊等人世间有限的东西显得弥足珍贵。

我年轻的时候有过一次接近死亡的深刻体验。1998年夏天，学校期末考结束后将放暑假，全体教职工在食堂简单午餐，我多喝了点米酒，餐后便骑上踏板摩托车回家，那年代不抓酒驾，也没强制戴头盔。我那时年轻力壮，自恃不会有啥事，借着酒劲摩托车越开越快，正午的暖风一吹，头就有点晕乎乎了，但那种风驰电掣的驾驶快感非常强烈。当车开至振兴西路时，南侧一辆黄色出租车突然从人行道钻出来，我大吃一惊，下意识猛踩刹车，但为时已晚，"砰"的一声，摩托车撞在出租车车头上，我整个人一下子飞在空中，当时只有一个念头"我完了"，大脑一片空白，身体好像被路边软软的什么东西挡了一下，再重重着地就什么也不知道了。当我醒来时，迷迷糊糊觉得自己躺在马路上，周围都是人，听到有声音在议论："这个人脸上都是血，怕是活不成了，你还是赶紧先送医院救救看，我们帮你报警固定现场。救人要紧！""是是是！"然后几个人抬我上了一辆车，我头一晕又昏迷了过去。再次醒来已经在人民医院病房里，一个年轻的护士笑眯眯地跟我说："你这人命真大，做过CT啦，轻微脑震荡，其他什么事也没有，就右脸擦破点表皮流了些血，给你包扎起来了！"我这才摸了一下脸，脸上缠满了纱布。"放心啦，擦破点表皮怎会有疤痕！待医院观察两天就可以回家，过段时间就可以拆纱布了。"我悬着的一颗心终于放了下来。后来家人赶过来，那个出租车司机也拎了水果营养品来到我床头，大家见我没大事，只是虚惊一场。警察后来跟我说，是路边花坛里的矮树丛托了我一把，救了我的命。那个司机庆幸没闯大祸，我更是庆幸大难不死。从此以后，我算是死过一回的人了，酒后再不会碰一下方向盘，开车也是分外小心翼翼。回首往事，我曾与死神擦肩而过，是幸运之神眷顾，我才有后面娶妻生子、闯荡山区、援教边陲、中年写诗等丰富多彩的人生。生命是如此宝贵，且行且珍惜。

杨键：如果有来生，你还做诗人吗？

陆岸：希望有来生。这辈子后半生开始写诗，一不小心就成了诗人，但我前面说过，我不算是真正的诗人，一定要算此生最多算半个诗人；如果有来生，我希望下辈子从头做起，从青少年时代就拥有一个诗意人生。

杨键：你最美好的记忆是什么？

陆岸：美好的记忆很多，童年的难忘岁月、婚前的热恋时光、参与一所民办高校创办时的振奋、儿子的出生、丽水云和那一年、援疆支教、中年写诗……但若论"最美好"，似乎真没有，唉，人到中年，一切都淡了，"最"字无从谈起。

杨键：你的写作是为诗，还是为人生的？

陆岸：我的写作纯粹为了取悦我自己，打发多余的时间，说得积极一点也可以说是充实我的人生。写作并不一定须带有明确目的性，那样的写作不见得是好事。目的性若太强则往往会趋向功利性。"从心所欲不逾矩"，我这些年写作很随意，近几年写的是诗，也许过些日子就写起了散文、小说。我的写作，若能够带给他人一些快乐，那也仅仅是一些有益的副作用。

杨键：你去菜市场吗？

陆岸：周末去，那地方最有人间烟火气。看活蹦乱跳的鱼虾、笼中安静的鸡鸭、青翠横陈的蔬菜、屠夫砧板上的手起刀落，听那些人声鼎沸的吆喝和讨价还价……我们的生活，很重要的一部分就在那儿。有时候，只有在这种地方，你才会觉得自己活着，活得那么接地气，那么放松自然，那么人间平等，那么有人味儿。

2022 年 5 月 21 日

杨键，汉语新诗代表诗人之一。《暮晚》《古桥头》《惭愧》《哭庙》等汉语诗集以及 *Long River*（Tinfifish Press，2018）等英文诗集的作者。